目次

ストラングラー

死刑囚の告白

プロローグ

警視庁本部庁舎五階の会議室には、窓から差し込むのどかな陽光とは対照的な、息をするのもはばかられるような張り詰めた空気が漲《みなぎ》っていた。

広い部屋には長机が長方形を描くように並べられ、三十ほどの椅子《いす》が設置されている。だが埋まっているのは三つだけだ。出入り口に近い角の席に陣取った三人のスーツ姿の男たちが、二対一に分かれて斜めに向き合っている。

「おかしくないか――」

しばらく続いた沈黙を破ったのは、二人並んだほうの片割れだった。名前は有吉康晃《ありよしやすあき》。太い腕を窮屈そうに組み、渋い顔で無精ひげの浮いた頬《ほお》をかく。

「どういう用件で呼び出されたのかもわからずに、のこのこ上野《うえの》まで出かけていったっていうのか」

「用件は訊《たず》ねました。ですが、詳しいことは会って話すという一点張りでしたので」

蓑島朗《みのしまあきら》は平坦《へいたん》な声音で答えた。視線はずっと、有吉のネクタイに固定している。ネイビーの生地にあしらわれているのはなにかの幾何学模様かと思ったが、よく見れば上半身裸の男がサーフィンをしているシルエットだった。ネクタイを海に見立てているらしい。強面《こわもて》に似つかわしくないかわいらしい柄は、妻か恋人が選んだのか、それとも娘からのプレゼントか。いずれにせよ、こんがりと日焼けした小麦色の肌は、趣味のサーフィンで培われたようだ。

「まあ、それはいいとして」と、有吉と肩を並べた男が口を開く。

「電話はきみから発信されたものですよね」

有吉とは対照的な色白の細面で、つねに薄笑いを浮かべたような顔のこの男の名は、久《く》慈栄喜《じはるき》。目尻《めじり》の吊《つ》り上がった温度の低い眼差《まなざ》しは、獲物《えもの》を狙《ねら》う爬虫類《はちゅうるい》を思わせる。

「そうです」と簑島は久慈を見た。

テーブルの上で重ねられた久慈の細く長い指が、ゆっくりと曲げ伸ばしされる。

「きみからの用件はなんだったのですか」

「たいしたことではありません。これから本庁に戻りますという報告でした」

細められた視線が、ねっとりとまとわりついてくる。

いたたまれなくなり、蓑島は言葉を継いだ。

「せっかくなので昼食を一緒にどうですかと提案したら、伊武《いぶ》さんはすでに食事を済ませていました。そのまま電話を切ろうとしたところ、腹は減っていないが、折り入って話がある、外で会わないかと切り出されたんです」

ふうん、と顎《あご》を触る久慈の横から、今度は有吉が太い声を出す。

「当日は雨が降っていた」

「はい」と簑島は頷《うなず》いた。

スラックスの膝《ひざ》まで変色するほどの、強い雨だった。ビニール傘を叩《たた》く雨音、響き渡る銃声、地面に広がる血だまり。いまでも鮮明に思い描くことが出来る。忘れたくても忘れられない。

「上野だったら飲食店は山ほどある。他人の耳目を気にするんだったら、カラオケボックスでもいい。なのにおまえと伊武さんは、わざわざ上野公園に向かった。男二人きりで、雨の中を。おかしいじゃないか」

「おかしいですか」

訊《き》き返すと、舌打ちを浴びせられた。

「どう考えてもおかしいだろう」

「おれも伊武さんも、緑が好きなんです。雨に濡《ぬ》れた公園の芝生を歩くのも、趣がある」

「ふざけてんのか」

「大真面目《おおまじめ》です。雨の公園散歩、おすすめです」

「おまえ、いい加減にしろよ」

有吉が腰を浮かせかけ、久慈に肩を押さえつけられる。

「簑島くん。私たちは敵ではない。それはわかっているよね」

「はい」

簑島が兄のように慕っていた刑事が、何者かによって射殺された。その事件の専従捜査員に任じられた有吉と久慈は、伊武の仇討《かたきう》ちをしようとしている。

「私たちは警察の威信にかけて、伊武さんを撃った犯人を捕まえる。家族殺しはけっして許さない。きみも、同じ思いか」

久慈の温度の低い瞳《ひとみ》の奥に、青い炎が見えた気がした。

「もちろんです」

しばらく、視線の応酬があった。

やがて久慈の視線が逸《そ》れ、蓑島は自分が呼吸を止めていたのに気づいた。

「わかりました。犯人は身長一八〇センチ前後、紺色のウインドブレーカーのフードを深くかぶって顔を隠した男。きみは伊武さんに呼び出されて上野に向かったものの、肝心の用件を聞く前に伊武さんが撃たれてしまったため、なんの話だったのかはわからずじまい。伊武さんが狙われる理由についての心当たりは？」

「ありません」

「本当に？」

「もしあるなら話しています」

毅然《きぜん》とした口調を意識した。

言葉の真偽を推し量るような間を置いて、久慈が頷く。

「そうですか。残念です」

有吉はなにか言いたげだったが、力関係は久慈のほうが上のようだ。結局なにも言わずに口を噤《つぐ》んだ。

――つ、だ……や、つだ……。

簑島の脳裏には、伊武の声がこだましていた。

やつだ。やつだ。

今際《いまわ》の際、蓑島の腕に抱かれながら、伊武はそう言った。

犯人は伊武の顔見知りだった。

伊武を撃った犯人は、警察関係者――。

たとえ家族であろうと、信用はできない。

第一章

1

扉の奥にうごめく気配を感じて、矢吹加奈子《やぶきかなこ》は安堵《あんど》した。ジャケットの襟を直し、ショートカットの髪を手で撫《な》でつけて、背筋をのばす。

ほどなく扉が開いて顔を出したのは、三十歳前後の女だった。ブラトップにホットパンツという軽装は寝間着だろう。三和土《たたき》のサンダルに片足の爪先《つまさき》をつっかけ、眩《まぶ》しそうに片目を瞑《つぶ》りながら顔を歪《ゆが》めている。

「なに……？」

「お休みのところすみません。警察の者です」

加奈子は警察手帳を取り出した。女は「ケーサツ」と呟《つぶや》きながら警察手帳の証明写真を凝視する。寝ぼけていて、あまり状況を理解できていないようだ。

「私は北馬込《きたまごめ》署の矢吹で、こちらが――」

加奈子の背後から、スーツの男が警察手帳を提示した。

「警視庁捜査一課の簑島です」

簑島朗。加奈子よりも頭一つぶん背の高いこの男が、昨日から加奈子がペアを組んでいる相棒だった。

女は加奈子と簑島の間で迷惑そうに視線を動かし、根元が黒くなった茶髪をかいた。

「で、なに」

「こちらのアパートの一〇一号室に住んでいる女の子、ご存じですか。野上真穂里《のがみまほり》ちゃんというのですが」

「そんなん、知るわけないじゃん」

女は大きなあくびをしようとしたが、続く加奈子の言葉を聞いて動きを止めた。

「実は一昨日《おととい》の夜から、行方がわからなくなっています」

「いなくなったの」

「そうです。この女の子なのですが」

加奈子はスマートフォンに写真を表示させ、女に見せた。ネズミの耳のカチューシャをつけた少女が、シンデレラ城をバックに弾《はじ》けるような笑みを浮かべている。

女が眠気を振り払おうとするように、強めに目を擦《こす》る。

「ああ。この子」

「ご存じですか」

「たまに見かけてた」

「一昨日の午後九時から午後十一時までの間で、この子を見かけたり、声を聞いたりといったことはありませんでしたか」

「なんでそんな時間に？」

女が訝《いぶか》るのも当然だった。小学校三年生の少女が一人で出歩く時間ではない。

警察に通報した母親の野上秋穂《あきほ》によれば、一昨日の午後九時ごろ、宿題をやったやらないの些細《ささい》な原因で言い合いになり、娘が自宅アパートを飛び出してしまった。母親は二時間ほど周辺を捜したものの、娘を見つけることができずに一一〇番通報したという。

「まあ、いいわ」と女が唇を曲げる。「どちらにしろ、一昨日のその時間には、私は家にいなかった。仕事だったから」

女は井口和美《いぐちかずみ》といった。蒲田《かまた》のスナックでホステスをしているらしい。一昨日は閉店後、常連客とアフターに繰り出し、明け方まで飲んだ後で、酔い潰《つぶ》れて同僚のホステスのマンションに泊めてもらった。そこから直接スナックに出勤し、帰宅した帰宅したのは今朝方だそうだ。これまで二度訪問しても不在だったのは、そういう理由らしい。大《おお》田《た》区池上《いけがみ》にあるこの青葉《あおば》荘のほかの住人については、昨日のうちにすでに聞き込みが終了していた。

ようやく面会が叶ったものの、有力な情報は期待できなそうだ。加奈子が落胆に軽い脱力を覚えたそのとき、「その子、家出したの？」と和美が訊《き》いてきた。

「それはまだなんとも」

答えを濁したのに、勝手に話を進められた。

「家出したか、誘拐されたか、ってことになってるのよね」

「ことになっている」という言い方が引っかかった。

簑島も同じだったようだ。興味深そうに太い眉根《まゆね》を寄せる。

「なにか、気になることでも？」

「その子、真穂里ちゃんだっけ」

和美が首をのばし、外廊下越しに階下を覗《のぞ》き込むようなしぐさをした。この部屋は二〇四号室だ。

「たぶん虐待されてたよ。たぶん、だけど」

低く押し殺した声に、簑島が反応して身を乗り出す。

「どうしてそう思われたのですか」

「あれは何か月前だっけ。一月か二月の、すっごい寒い時期。私が仕事から帰ってきたら、その子が一人で部屋の外にいたことがあるの。夜中の二時とか三時だよ。そんな時間に一人で外に出されてたの。しかもすっごい薄着で、外置きの洗濯機の陰にこうやって」

和美は「こうやって」というところで、重ねた両腕に顔を埋めるような動きをした。体育座りでうずくまっていたということだろう。

アパートの住人とのご近所付き合いはいっさいしていなかったが、さすがに放《ほう》っておくわけにもいかず、和美は少女に声をかけた。

「そしたらあの子、なんて答えたと思う？　ごめんなさい……って言ったの。そのときはなんで謝られるのかわけがわからなかったけど、後になってみたら、あれはなにかの罰だったってことよね。なにをしたのか知らないけど、小さな子どもを寒空の下、あんな時間に外に出すなんてどうかしてる」

同意を求める視線が二人の刑事に向けられる。

「そのとき、どうなさったんですか」

加奈子は訊いた。

「親はどこにいるのかって訊いたら、家にいるって言うの。一〇一号室の扉を指差してね。でも、電気とかぜんぜん点《つ》いてなくて。本当にいるのか信じられなかったけど、かといってほったらかしにして帰るわけにもいかないじゃない。だからピンポンを鳴らしてみた。そしたら信じられないことに、いたの、母親が。電気が点いて、ドアが開いて、なんですかっていきなり喧嘩腰《けんかごし》で……。娘を外に出して、自分は電気消してさっさと寝てたってわけ。私ももっと強く出ればよかったんだけど、そのときはびっくりし過ぎちゃってて、お子さんが風邪《かぜ》引いちゃいますよ、としか言えなかった」

母親は不機嫌そうに顎《あご》をしゃくって娘を招じ入れると、さっさと扉を閉めてしまったという。礼も謝罪もなかったらしい。

聞き込みを終え、外階段をおりる。

「真穂里ちゃんはやはり虐待されていたんですね」

奥歯を噛《か》み締めた口の中に、苦い味が広がった。

加奈子の脳裏には、野上秋穂の薄幸そうな顔が浮かんでいた。二十七歳というから、加奈子より三つ年下の若い母親だ。つましい暮らしをしながら懸命に子育てするシングルマザーのもとに、なんとしても子供を無事に帰してやろうと誓ったはずだった。

折しも大田区池上周辺では、このところ自転車に乗った不審な男が下校途中の小学生男子に「おじさんの家に遊びにおいで」と声をかける事案が複数報告されており、学校から保護者への注意喚起がなされていた。

そのため真穂里ちゃんは何者かによって連れ去られた可能性が高いと、当初警察は考えていた。営利誘拐の可能性も考えて早い段階から特殊班が投入されたものの、脅迫電話等犯人からの接触はいっさいない。いきおい、いたずら目的の連れ去りという線が濃厚になってきた。

ところが、娘がいなくなった状況についての母親の供述は二転三転した。通報前にどのへんをどう捜したのかについても、詳細は曖昧《あいまい》だった。周辺への聞き込みでも、真穂里ちゃんらしき少女の目撃証言はいっこうに挙がってこない。それどころか、少女を捜す母親の姿を見かけたという声すらなかった。捜査員は次第に、母親の話の信憑性《しんぴょうせい》に疑いを抱くようになる。

その結果浮かび上がったのが、家出自体が狂言だった――という疑惑だ。

「そうであって欲しくはなかったのですが」

簑島が沈痛な面持ちになる。

加奈子も同じ気持ちだった。疑惑は疑惑のままであって欲しかった。かりに真穂里ちゃんが外部の何者かによって連れ去られたのであれば、生存の見込みはじゅうぶんにある。

しかし、家出自体が狂言だったのならば。

暗澹《あんたん》たる気分になる。

「しかたがありません。先ほどの証言は有力な情報です。捜査本部に上げておきましょう」

懐《ふところ》からスマートフォンを取り出す簑島の横顔を見つめながら、つくづく変わった人だと、加奈子は思う。

年齢も立場も明らかに下、しかも女性である加奈子にたいして、ずっと敬語を崩さない。育ちが良いとか性格が穏やかというより、よそよそしい印象のほうが強かった。本庁捜一を笠《かさ》に着て居丈高に来られるのも好きではないが、ここまで慇懃《いんぎん》に振る舞われると壁を感じるし、やや不気味ですらある。人見知りっぽい雰囲気はあるものの、この距離感の原因はそれだけでない気がする。

「はい。もしもし」

ふいに、簑島がスマートフォンを耳にあて、会話し始めた。

電話をかけようとしたタイミングで、誰《だれ》かから電話がかかってきたらしい。漏れ聞こえる音声に耳を澄ませ、加奈子は眉をひそめた。

男の声の砕けた口調で「簑島の旦那《だんな》」と呼びかけられていた。

少し失礼しますという感じの目配せをしてから、簑島が遠ざかる。

簑島は五メートルほど離れた場所で、ちらちらとこちらをうかがいながら会話していた。さりげなく聞き耳を立ててみたが、会話の内容までは聞き取れない。

通話は三分弱だった。スマートフォンを懐にしまいながら、蓑島が引き返してくる。

「すみませんでした」

「いえ」相手は誰ですか、と訊いていいものだろうか。

だが加奈子が質問するよりも先に、簑島が手の平を立てて謝ってきた。

「矢吹さん。申し訳ない。急用ができてしまいました。捜査本部への報告、お願いしてもいいですか」

「えっ……？」

まったく予想外の展開だった。

「かまいませんが、どちらに？」

こんなタイミングで捜査より優先することがあるだろうか。

電話をかけてきた男と落ち合うのか。とても警察関係者とは思えない話し方のあの男は、いったい何者だ。

「ええ。ちょっと」

苦笑いで言葉を濁された。

「捜査会議までには戻ります。よろしくお願いします」

申し訳なさそうに頭を下げ、簑島が足早に歩き去る。

遠ざかる背中が角を曲がって消えた瞬間、加奈子は簑島の後を追って歩き出した。

2

東急《とうきゅう》池上駅から電車に乗り、二度の乗り換えを経て東武伊勢崎《とうぶいせざき》線の小菅《こすげ》駅についたときには、一時間が経過していた。駅舎を出て荒川《あらかわ》沿いの道を歩くと、ほどなく巨大な要塞《ようさい》を思わせる東京拘置所の建物が見えてくる。

簑島朗にとって、すでに通い慣れた道のりだった。面会受付窓口で申込を済ませ、番号を呼ばれるまでさらに一時間。それでも今日はスムーズなほうだ。たった二十分の面会のために、一日がかりになるのも珍しくない。

ボディーチェックの後、持ち物をロッカーに預け、刑務官の誘導で面会室に向かった。

面会室のパイプ椅子《いす》に腰かけると、ほどなくアクリル板の向こう側の扉が開く。

刑務官をともなって入ってきたのは、清潔感にあふれた長身の男だった。刈り揃《そろ》えられた短髪に糊《のり》の利いたライトブルーのシャツ。カーキ色のチノパンにも綺麗《きれい》な折り目が入っていて、おろしたてのようだ。

男は簑島を見て、涼しげに目を細め、口もとをほころばせた。

「忙しそうだな。ちゃんと寝てるのか。顔色がよくないぞ」

対面の椅子を引きながら、男が言う。

「そういうおまえは、相変わらず顔色がいいな」

「税金で三食昼寝付きの健康的な生活を送らせてもらっているからな。ときどき思うが、ここの暮らしはさながら現代の貴族だ」

「いくら衣食住が保証されていても、まったくうらやましくないな。その優雅な生活も、明日目が覚めたら終わりになるかもしれないんだ」

にやり、と粘ついた微笑が返ってくる。

「キツいことを言うね」

「事実だからしょうがない。おまえは死刑囚だ。明日生きていられる保証はない」

「それは誰だって同じだ。誰の命にも期限はあって、それは思いもかけないタイミングで訪れる。唯一、人間が平等な点だ。金持ちも貧乏人も、善良な人間も凶悪犯も、いつか死ぬ。そしてそのタイミングだけは、誰にもわからない」

男の名前は明石陽一郎《あかしよういちろう》。四件の殺人を犯した罪で死刑判決が確定した、死刑囚だった。そしていまではどういうわけか、簑島の捜査に協力するブレーンとなっている。

「望月《もちづき》から電話があった」

簑島が言い、明石が頷く。

「おれが電話させた」

「おれの行動を監視させるより、もっとほかにやるべきことがあるんじゃないか」

捜査協力といっても、簑島のほうから協力を要請することはないし、こちらから捜査情報をみだりに明かすこともない。明石は協力者を使って独自に情報収集や調査を行い、解決に向けての糸口が見えた段階で、簑島を呼び寄せる。

「さっさと事件を解決して、あんたにこっちの調査に戻ってもらいたい。あんたの捜査に首を突っ込むのは、あんたのためだけじゃない。こっちのメリットにもなる。それに、ちょっとした暇つぶしにも最適だ」

礼はいらないとばかりに、明石が肩をすくめた。

「ガキはまだ見つかっていないんだろう。母親と喧嘩して家を出たのが一昨日の午後九時、警察への入電が午後十一時。ってことは、事件発生からすでに三十六時間から三十八時間が経過している。拉致《らち》誘拐事件の被害者生存率は発生後二十四時間以内で七〇%、四十八時間以内で五〇%、それ以後は格段に低くなる。危険水域に入っているとみていい」

相変わらず部外秘のはずの捜査情報をよく調べている。

簑島はカウンターテーブルの上で両手を重ねた。

「おそらく今回は、連れ去りじゃない」

「どうしてそうなる」

明石が二重まぶたの目を細めた。

わかったぞ、という感じの頷きがあった。

「シングルマザーを疑うに足る事情でも発覚したか」

その通りだが、肯定も否定もしない。

だが、明石は得意げに口角を持ち上げた。

「母親が娘に多額の保険でもかけていたか、あるいは日常的に虐待でもしていたか……どちらかといえば、後者の可能性が高いか」

なぜ拘置所にいながらにして、そこまで見抜いてしまうのか。まるで魔法だ。内心で舌を巻きながら、簑島は訊《たず》ねた。

「そう考えた根拠は」

「保険金目当てなら、なにも事件を装って本庁捜一を引っ張り出す必要はない。鼻の利く猟犬が出張ってきたら面倒なことになる。単純に事故死を装えばいい話だ。それに、保険をかけて殺すにしても、保険会社の信用をえるためにある程度保険金を払い続けないとならない。汲々《きゅうきゅう》としたパート暮らしの母親には、そもそも娘に多額の保険をかける経済力すらない」

あとは、と明石が顎を触り虚空を見つめる。

「SNSの投稿だ」

「SNS?」

「ああ。見てないか」

見ていないわけではない。聞き込みに使用した野上真穂里ちゃんの写真も、母親のSN

Sから拝借したものだ。だがその投稿に意味があるとは考えなかった。

そんなことより、そもそも拘置所暮らしの明石には、自由にインターネットを閲覧することもできないはずだが。

「野上秋穂のSNSの投稿をプリントアウトさせ、持って来させた」

協力者にやらせたらしい。

「婆婆《しゃば》じゃ大変なことになっているな。インターネットが発達して誰でも気軽に発信できるし、つながることができる。おれが婆婆にいるころは、ここまでじゃなかった。いまじゃマッチングアプリなんてものが流行《はや》っているんだろう。仕組みを聞いたら、要するに出会い系サイトじゃないか。出会い系サイトなんて、犯罪の温床みたいに言われたのに」

明石が逮捕されたのは十四年も前のことだった。

「まるで浦島太郎《うらしまたろう》だな。スマホなんか見たことないんじゃないか」

通信機器の面会室への持ち込みは禁じられているため、明石に文明の利器を見せびらかすことはできないが。

「浦島太郎になりたいもんだ。戻るべき場所に戻らないと、ギャップを感じる機会すら与えられない」

自嘲《じちょう》気味な笑いが挟まる。

「ともかく、誰でも気軽に発信できるようになったことで、自己承認欲求の肥大化した化け物が可視化されるようになったのは、悪いことばかりでもないのかもしれない、とくに化け物をとっ捕まえるのが仕事のあんたらにとっては」

含み笑いを浮かべる死刑囚に、目を細めて話の続きを促した。

明石が口を開く。

「野上秋穂は娘をいろんなところに連れ回して、自分とお揃いの服を着せて写真を撮っていた」

「それのなにが問題だ」

「娘の人格を認めず、着せ替え人形のように扱っている。自分とお揃いの服を着せることで娘から人格と選択権を奪い、自身の所有物として帰属させている。こういう親は、娘も喜んでいるとか、娘が自らやっていることだとか反論するかもしれないが、娘の意思決定に影響を与えている自覚がないだけだ。自分の提案に娘が乗り気でない反応を見せると、あからさまに不機嫌になるなどして、無自覚に意思決定をコントロールする。喜んだり、自ら母子お揃いの格好を望むような言動をとるのが、母親の機嫌を損ねないための、娘なりの処世術だと気づいていない。さらにはシングルマザーで生活は楽でないはずなのに、SNSの投稿を見る限りだと、そういった部分はいっさい見せていない。キラキラした私生活、友達のように仲の良い母子を演出しようという意図が、ありありとうかがえる。野上秋穂は極度の見栄《みえ》っ張《ぱ》りなのさ。逃げ出した旦那も、そういう部分が嫌になったんじゃないか。外面ばかりを気にして身内を顧みない女なんて、一緒にいて疲れるだけだ」

「だから娘を虐待していると？」

「最初からそう思っていたわけじゃない。いわゆる毒親だとは、想像がついたが」

「驚いたな。毒親なんて言葉、おまえが逮捕された当時は存在していなかっただろうに。もしかして自由に出入りできるんじゃないか」

からかう口調だが、本音でもあった。この男と接していると、しばしば相手が死刑囚であるのを忘れそうになる。

「おれにないのは肉体的な自由だけだ。肉体の自由がないぶん、心の自由を求めて情報収集には貪欲《どんよく》になる。スマホの実物を触ったことはないが、スマホでなにができるかは知っている。あんたよりも、いまどきの若者との会話で盛り上がれるかもな」

明石はにやりと不敵に微笑《ほほえ》んだ。

「ともかく、我が子にたいして支配的な母親像というのは最初から想定していた。そこにあんたの、連れ去りではない、という発言だ。連れ去られたのではないのなら、母親が殺した。虐待の末に死なせてしまい、その事実を隠蔽《いんぺい》しようとしている、と考えられる」

だが、と、明石が片眉を歪める。

「一〇〇%そうと決まったわけではあるまい。あんたは、『おそらく』連れ去りじゃないと言った。母親は自供していないし、その疑いをぶつけてすらいない」

「当たり前だ」

通報からまだ四十時間弱。現段階で野上秋穂は、消えた娘の身を案じる失意の母親に過ぎない。そんな相手に、あからさまに殺人の疑いなどかけられるはずがない。

「ならおれの話も聞いてみて損はない。いや、耳をかたむけるべきだ。その価値があるということは、これまでの経験からあんたにはわかっている」

相変わらずの傲岸不遜《ごうがんふそん》ぶりだが、実際問題、明石の助言により解決した事件は少なくない。それどころか、明石の推理が空振りだったことは一度もなかった。だからこそ、蓑島も捜査を放り出して駆けつけたのだ。

「それに本当に母親の自作自演なら、とっくにガキは殺されている。急ぐ必要はない」

身も蓋《ふた》もない物言いだが、紛れもない事実だ。娘の家出が狂言なら、すでに母親によって殺害されているだろう。

簑島はふうと息を吐いた。

「話してみろ」

満足げな笑みを浮かべ、明石が口を開く。

「ツネカワという男がいる」

「ツネカワ？」

常川《つねかわ》、恒川《つねかわ》、どういう字だろう。

「児童ポルノを販売している屑《くず》だ。そいつに行方不明のガキの写真でも見せれば、そのガキを好きそうな客の名前ぐらい何人か思い浮かぶだろう。もっとも、顧客の名前を吐かせられるかは、あんた次第だが」

「ちょっと待て」と簑島は眉をひそめた。

「かりに何者かによる連れ去りだとしても、犯人は――」

「最近、現場周辺で発生していた声かけ事案の男……だと言いたいのか」

ぐっ、と言葉を吞《の》み込む簑島に、明石がしたり顔を浮かべた。

「近辺では学校帰りの小学生男児が、自転車に乗った男から声をかけられていたらしいな。声をかけられたガキによれば、男は三十代から四十代、中肉中背で坊主頭に近い短髪だった」

そこまで知っているのならば、簑島が口を噤《つぐ》んだところで意味はない。

「そうだ。自転車に乗っていたのならば、不審者は近隣の住民である可能性が高い」

「だろうな。だがその男が犯人とは限らない」

「犯人は別にいるっていうのか」

「かもしれないし、そうじゃないかもしれない。いずれにせよ、あんたがその自転車の男を捜す必要はない」

意味がわからずに絶句する簑島の反応を楽しむように、明石は嬉々《きき》として続ける。

「そいつが近所の住人なら、あんたが出張らなくても地取りの捜査員がそろそろ身元を特定する。問題はその不審者が本ボシでなかった場合だ」

「保険、ということか」

「そう解釈してかまわない。警察は当初、声かけ事案の男による連れ去りを疑ったはずだ。だが母親の証言に辻褄《つじつま》の合わない部分が出てきて、いまは娘の家出自体が狂言である可能性を疑い始めている。声かけ事案の男に、娘を虐待していた母親。どちらもいかにも怪しいだけに〈どちらでもなかった場合〉について、ほとんど考慮していない」

明石の指摘は正しい。声かけ事案の不審者か、娘を虐待していた母親。いまのいままで、どちらかが犯人だと、簑島も決めつけていた。

だが、どちらでもなかったら——。

捜査は振り出しに戻り、四十八時間のリミットを超過するのは確実。

「考えてもみろ。不審者に声をかけられたのは男児ばかりだ。小児性愛者の両刀使いなんて変態は珍しくないが、声かけ事案の不審者の好みだけは、はっきりしている。少年だ。なのに、今回行方不明になったのは少女。逮捕のリスクを冒してまで犯行に及ぶのなら、せっかくなら自分の好みに近い相手を標的にするけどな、おれなら」

背中を押すような、明石の口調だった。

しばらく考え、簑島は訊いた。

「ツネカワとは、どうやって接触すればいい」

賢明な判断だという感じに、明石が目を細める。

「おれが娑婆にいたころは、表向き合法なビデオ店を営みながら、裏で違法なＤＶＤの販売をしていたんだが、いまじゃネット販売がメインらしい。まったく、隔世の感がある。いま、碓井《うすい》にツネカワの行方を調べてもらっているところだ」

碓井は明石の協力者の一人だ。簑島とも面識がある。

「わかった。碓井さんに連絡してみよう」

「ああ」と頷いた明石の表情に、ふいに翳《かげ》りが覗いた。

「どうした」

いや、とかぶりを振り、力ない笑みを浮かべる。

「ツネカワの顧客の中に本ボシがいるにしろ、あるいは目撃情報のあった不審者が本ボシだったにしろ、目的は性的ないたずらだ。統計上、四十八時間以内に踏み込めれば五割の確率で命を救えるが、ガキにとってそれが本当に幸せなのかと思ってな」

簑島は一瞬、言葉を喉《のど》に詰まらせた。

「命あっての物種だ。そりゃ深い傷にはなるかもしれないが――」

「傷じゃない」と明石に遮られた。

「変態男がガキを弄《もてあそ》ぶのは、心を傷つけてるんじゃない。殺してるんだ。いったん死んでしまったものは、もとには戻らない。かりにガキが生きていたとしても、それは肉体だけの話だ。心はとっくに殺されている。そんな状態から社会に引き戻されるなんて、そのほうが余計に残酷だと思わないか」

真《ま》っ直《す》ぐに見つめられたままの問いに、簑島は答えることができなかった。

3

東京拘置所の敷地を出てすぐに、矢吹加奈子に電話をかけた。

『お疲れさまです』

ほとんど呼び出し音が鳴らないうちに、はきはきとした声が応じる。

「お疲れさまです。本部への報告は」

『電話しておきました。真穂里ちゃんが虐待されていたのは、間違いなさそうです。真穂里ちゃんの同級生の保護者からも、母親の虐待を疑う証言が上がっているという話でした。ただ、直截《ちょくせつ》に疑いを向けるわけにもいかないので、今後慎重に外堀を埋めていく必要がありそうです』

そうなるだろう。はっきりと母親に疑惑を向けるのは、もう少し証拠が揃ってからだ。

『あと』と報告は続く。

『現場付近で小学生に声をかけていた男の身柄が拘束されました』

「本当ですか」

『ええ。上田《うえだ》健夫《たけお》、三十三歳。青葉荘から五〇〇メートルほど離れたアパートで一人暮らしをするフリーターで、性犯罪の前歴《マエ》もあります。すでに署に連行して、いま話を聞いているそうです』

ただ、と加奈子が続ける。

『上田は小学生に、家に遊びに来ないかと声をかけたのは認めているものの、真穂里ちゃんのことは知らないと話しているようです。捜査員が訪ねたときにも自宅アパートに一人だったし、真穂里ちゃんがいなくなった一昨日の夜九時から十一時の間は、警備員のアルバイトをしていたとか。まだ裏は取れていませんが』

アルバイト中だったという証言が事実ならば、完璧《かんぺき》なアリバイが成立する。であれば残る可能性は、家出自体が母親による狂言、あるいは真穂里ちゃんを連れ去ったのは上田ではない、別の人間か。

やはり、ツネカワに接触してみるべきだ。

「矢吹さん。もう一つ、お願いされて欲しいのですが」

『はあ……なんでしょう』

虚を突かれたような、やや戸惑ったような声だった。

「青葉荘のすぐ近くに、コインパーキングがあったのを覚えていますか」

『ありましたっけ』

「アパートに向かって右側の、一軒挟んだあたりです」

収容台数四台ほどの、小さな駐車場だった。

加奈子も思い出したようだ。

『ああ。ありました。それがどうかしたんですか』

「あのコインパーキングには、ロック板がありませんでした。ロック板なしのパーキングでは、利用車両のナンバーをカメラで撮影し、記録することで不正利用対策をしています。カメラの設置角度によっては、通行人や通行車両が撮影されているかもしれません。コインパーキングの管理会社に連絡して、映像を確認してもらえますか。真穂里ちゃんがいなくなった、一昨日の午後九時から十一時の間のものを」

わかりました、と腑《ふ》に落ちない様子で答えた後で、加奈子が疑問を口にする。

『なにが映っているんですか』

「わかりません。有力な手がかりかもしれないし、そうでないかもしれない。至急取りかかってくれるとありがたいです」

『はあ』

納得はいかないが捜査一課の刑事の命令には逆らえない、という感じの返事だった。

もしも母親が犯人でなければ——つまり、真穂里ちゃんが何者かによって連れ去られていた場合の話だが、真穂里ちゃんは母親によって閉め出されていたのではないかと、簑島は考えていた。同じアパートに住む井口和美が、外置きの洗濯機の陰にうずくまる真穂里ちゃんを見かけたときと、同じ状況だったのではないか。

母親は日常的に娘に虐待を加えていた。その日も嫌がる娘を閉め出し、部屋の鍵《かぎ》を閉めた。真穂里ちゃんは自宅の扉の近くで、母親の怒りが鎮まるのを待っていた。それが常態化していたので、母親は二時間後に扉を開けたとき、娘がおとなしく待っているはずだと高を括《くく》っていた。だがそうはならなかった。娘の姿は消えていた。だから慌てて警察に通報した。

いなくなったのは午後九時から十一時までの間。

虐待の発覚を恐れた母親は、警察に真実を話さなかった。娘が自分から家出し、自身は通報まで近所を捜し回っていたと嘘《うそ》をついた。

筋は通る。そしてそう考えることで、ある仮説が成り立つ。

連れ去り現場は、自宅アパートのすぐ前。

真穂里ちゃんは家出していない。母親から閉め出されてしまったが、いつものように自宅の扉の近くで待っていた。

犯人はおそらく、そこにたまたま通りかかった。

甘言を用いたのか、腕力にものを言わせたのかはわからないが、一人で途方に暮れている少女をその場から連れ去った。

ということは、犯人は青葉荘の前まで来ている。青葉荘のすぐ近くのコインパーキングに設置されたカメラにも、捉《とら》えられている可能性がある。

現場は住宅街で、青葉荘の前の道も中央線の引かれていない狭い生活道路だった。日中からそれほど人通りや交通量が多くない。一昨日の午後九時から十一時の間も、多くの往来があったわけではないだろう。

人通りの少ない道。自宅アパートの前で立ち尽くす、非力な八歳の少女。

小児性愛者の犯罪者予備軍にとって、絶好のシチュエーションだったに違いない。

電話を切ろうとしたが、『あの』と矢吹が呼びかけてくる。

『簑島さんは、現在どちらにいらっしゃるんですか』

「残念ながらすぐには戻れません。コインパーキングの件、よろしくお願いします」

『いまなにをなさっているんですか』

「ちょっとした調べ物です」

その調べ物の内容を訊きたいのだという不満は察したが、あえて気づかないふりをして通話を終えた。

すぐに別の番号を呼び出し、電話をかける。

今度応じた声は、男のものだった。低く、いかにも押しの強そうな張りのある声だ。

『遅かったじゃないか』

明石がツネカワの所在を探らせているという、碓井だった。自称ジャーナリストで実態は便利屋フリーライター。ゴシップ誌などに記事を書いて生活している男だ。

「ツネカワの話、聞きました」

『まったく、明石のやつも人使いが荒いんだよな。十四年前までの足取りしかわかっていない男の行方を、しかも四十八時間以内に特定しろなんてよ。往生したぜ。だがおれも伊達《だて》にジャーナリストやってるわけじゃないから、裏社会の情報はいろいろと入ってくるんだ』

碓井は『ジャーナリスト』をことさらに強調し、恩着せがましい口調で言った。

「見つかったんですね」

『ああ。変態どもの間ではいまや知る人ぞ知るレジェンドらしい。まったく反吐《へど》が出る話だが。児童ポルノ映像の制作者のふりをしてアポイントを取った。これから会いに行く』

碓井は車で移動中らしい。耳を澄ませば、自動車の走行音がうっすらと背景に聞こえる。

「自分も行きます。どこですか」

『江東区北砂《こうとうくきたすな》のショッピングモールの駐車場で待ち合わせている』

「わかりました。すぐに向かいます。どこかで合流——」

簑島が駅に向かって歩く速度を速めたそのとき、背後からクラクションを鳴らされた。

振り返ると、ブラウンのＳＵＶがいた。左ハンドルで、フロントグリル部分にはベンツのエンブレムが輝いている。

その助手席で、スマートフォンを耳にあてた碓井が手を振っていた。パーマヘアを撫でつけ、小麦色の肌にサングラス。胸を大きく開けたシャツの胸もとには金色のネックレスが存在感を主張していて、相変わらず胡散臭《うさんくさ》い。

運転席でハンドルを握るのは、望月だった。金髪にリーゼントでいかにもチンピラふうの格好だが、人懐こい笑顔には少年っぽさが残っている。

この二人は明石の〈協力者〉だった。いまや簑島自身も、その一員とみなされるのかもしれない。

簑島は車に向かって歩き出そうとした。

が、そのとき、フロントガラス越しの望月の表情が歪んだ。細い眉を歪め、怪訝《けげん》そうに簑島を見つめる。

正確には簑島ではなく、簑島の背後に視線の焦点を合わせているようだった。

『簑島さん、あんた、尾《つ》けられてたみたいだな』

電話口に聞こえる碓井の声に反応し、簑島は背後を振り返った。

そこには先ほどまで簑島と通話していた、所轄の女刑事が立っていた。

4

「矢吹さん、どうしてきみがここに?」

眉をひそめる簑島に、加奈子は早足で歩み寄った。

「簑島さんこそ、ここでなにをしているんですか。拘置所に入っていったかと思えば、こんな見るからに怪しい人たちと」

ベンツのSUVの運転席にいる金髪リーゼントも、助手席の色黒パーマも、とても堅気とは思えない。

「きみは知らないほうがいい」

「なぜですか。私が知らないほうがいいのではなく、知られたくないだけじゃないんですか。捜査を途中で放り出してこそこそと得体の知れない連中と会っていたなんて、懲罰ものです」

簑島が参ったな、という感じで息を吐く。

「先ほどお願いした、青葉荘近くの駐車場のカメラについては」

「電話で手配しておきました。すぐにコインパーキングの管理会社に問い合わせてくれるそうです」

「よかった」

「そんなことより説明してもらえませんか。なぜコインパーキングのカメラを調べるのか。なにが映っているんですか」

加奈子の剣幕におののくように、簑島が一歩、後ずさる。

「もしかしたら、犯人《ホシ》が」

「犯人?」と訊き返す声が裏返った。

「犯人は母親でしょう。野上秋穂は真穂里ちゃんを虐待していた可能性が高い。さっきの電話でも、私はそう報告しましたよね」

「それは間違いありません。母親が犯人の可能性が高いと、おれも考えています」

「ならどうして……」

わけがわからない。聞き込みの途中で仕事を放り出したかと思えば、小菅の東京拘置所に入っていく。母親が犯人の可能性が高いと考えているのに、駐車場のカメラ映像の確認を指示する。簔島の言動には不可解さしかない。

「おい、どうした。早く行くぞ」

色黒パーマの男が助手席からおりて歩み寄ってきた。

「あなた、いったい誰なの」

加奈子の問いかけに、男は顎をかきながら横目で簔島をうかがう。簔島は小さくかぶりを振った。

「人に訊ねるなら、まずは自分が名乗るのが筋だぜ」

「警視庁北馬込警察署の矢吹加奈子」

警察手帳を提示すると、男はぽかんとした。

「刑事？　驚いたな。どういうことだ、簔島さんよ」

「すみません」

「名乗ったんだけど」

強い口調で会話に割り込み、男の意識をこちらに引き戻す。

男は渋々といった口調で名乗った。

「碓井和章《かずあき》。フリーライターだ」

「フリーライターがなにをしているの」

「なにって……」

救いを求める視線が簔島を向く。

加奈子も簑島を見た。

「蓑島さんは、この人たちと一緒になにしてたんですか」

返ってきたのは、どう誤魔化すべきかと迷う感じの、低い唸《うな》り声だった。

碓井が簑島に提案する。

「時間もないし、とりあえず乗せちまうか。話は車の中で、ってことで」

「いや。でもそれは……」

ひそひそ声で相談する二人の男の横を通過し、加奈子はベンツの後部座席に乗り込んだ。

「お、おい。なんだよ」

金髪リーゼントが運転席であたふたとしている。

「あなたは誰？」

「おれは、望月翔太《しょうた》。あんた、ケーサツなのか」

碓井に警察手帳を提示するところを見ていたようだ。

「北馬込署の矢吹加奈子」

「簑島の旦那の同僚か」

簑島にたいする呼称でピンと来た。

「何時間か前に、簑島さんに電話してた人ね」

「電話はしたけど」

「なんて電話したの」

シートに手をかけ、身を乗り出した。

望月は視線を泳がせて躊躇《ちゅうちょ》していたが、やがて観念したように答えた。

「明石さんが、話したがってるって」

「明石？」

また新たな登場人物だ。

助手席に碓井が、後部座席に簑島が乗り込んできた。

「明石って誰ですか」

簑島に訊くと、碓井が頭を抱えた。

「望月。おまえ、なに余計なことしゃべってんだ」

「まずかったですか」

望月が申し訳なさそうにリーゼントの側頭部を撫でる。

「明石の名前なんか出さなくても、いくらだって誤魔化せたろうが」

「明石って？」

加奈子は簑島に問いただした。

簑島は質問に答えず、顎をしゃくる。

「出してくれ」

望月がギアをドライブに入れ、こちらを振り返る。

「シートベルト、してください」

やんちゃそうな見てくれなのに、妙に真面目《まじめ》なところがある。

意外に思いながら加奈子がシートベルトを締めると、車が走り出した。

加奈子は首を回して隣を見た。

「説明してください。簑島さん」

簑島は腕組みをして、目を閉じている。

まだ決心がつかないという雰囲気だ。

「できれば私も、上に報告したくはありません。でもこのまま説明いただけないのなら、いまこの場で電話をかけます」

スマートフォンを取り出そうとすると、助手席から碓井の声が飛んでくる。

「やめとけ。あんただって、行方不明の女の子を助けたいんだろう」

「助けられるの？」

「そんなの知るかよ。ただ、そうなるように動いてるってだけだ」

碓井が面倒くさそうに窓のほうを向く。

「真穂里ちゃんを救い出すことと、いまのあなたたちの行動がどう結びついているのか、説明してもらえないと納得できない」

簑島が長い息を吐き、まぶたを開いた。

「これからツネカワという男と接触します。児童ポルノの動画で商売している人物です」

「ツネカワの顧客の中に、女の子を拉致した犯人がいるかもしれないし、いないかもしれない。いまからそいつを確認しに行く」

　碓井が煙草《たばこ》を咥《くわ》えながら言う。

「碓井さん、煙草は勘弁してください」

　助手席を向いた望月が不服そうに尖《とが》っている。

「おまえも吸うくせに」

「車じゃ吸いません。これいちおう新車っすから」

「新車っつったって、おまえの車じゃないだろうが」

「だからまずいんです」

「なに言ってんだ。あの女にとっちゃ、こんな車を買うぐらい、スーパーでキュウリを買うようなものだ」

　あの女。碓井や望月のほかにも仲間がいるのか。

　碓井が煙草に火を点けた。助手席側のウィンドウをおろし、紫煙をゆっくりと吐き出している。

　加奈子は簑島の説明に意識を戻した。

「上田の主張するアリバイの裏が取れれば、捜査本部はいよいよ少女の母親への疑いを強め、本格的に追及を開始するでしょう。その結果母親が真犯人ならそれでいいのですが、問題は、そうでなかった場合です」

　碓井が補足する。

「上田という声かけ事案の不審者と、娘を虐待したと思《おぼ》しき母親。いかにも疑わしい、疑惑濃厚な太い線が二本もあることで、捜査本部はそのどちらでもない可能性をほとんど考慮していない。四十八時間を過ぎれば拉致誘拐事件の被害者生存率がガクッと落ちるっていうのは……釈迦《しゃか》に説法か。あんたも刑事だもんな」

碓井が首をまわし、吸いかけの煙草を口に咥えた。

「つまり上田健夫も野上秋穂も犯人でなかった場合にそなえ、ほかの可能性を探っておく、ということですか」

「そうです。上田か野上秋穂、いずれかの犯行であった場合には、おれたちのやっていることは無駄になります」

「でも無駄足を面倒くさがってちゃ、警察の仕事はできませんよね。人命がかかってることですから、無駄足に終わるのは悪いことでもない」

得意げに言う望月の肩を「知ったふうな口を」と碓井が小突く。

加奈子はわずかに肩の力を抜いた。少なくともこの三人は、真穂里ちゃんを救うために動いている。仕事そっちのけで不正や不法行為に及ぼうとしていたわけではなさそうだ。

だがなぜ、碓井や望月が警察の捜査に協力している？

碓井はフリーライターだと名乗っていたが、では望月は何者だ。疑問は尽きない。

中でも最大の疑問をぶつけた。

「明石というのは誰なんですか。東京拘置所の関係者ですか」

簑島は望月に電話で呼び出され、小菅に向かった。望月によれば、明石という人物が話したがっていると伝えたそうだ。簑島は明石に会うために、東京拘置所を訪ねたことになる。簑島が捜査を中断してまで会いに行く明石とは、いったい何者だ。

簑島がやはり言いにくそうに顔をしかめる。

代わりに望月が口を開いたが、飛び出してきた台詞《せりふ》は加奈子の期待するものとは違った。

「そろそろ着きます」

前方右手に巨大なショッピングモールの建物、そして左手には、道路を横断する連絡通路によってショッピングモールとつながった立体駐車場がそびえている。

「明石について、後で必ず話してください」

加奈子は蓑島にそう告げ、視線を進行方向に向けた。

5

立体駐車場は五階建てだった。

一階二階部分は満車に近いが、上の階に向かうに従い、駐車スペースにも空白が目立ち始める。

待ち合わせ場所に指定された五階部分まで来ると、広い空間にまばらに車が止まっているだけだった。

簑島たちを乗せたベンツは、駐車スペースの番号を確認しながらゆっくり進む。

「あれですね」と望月が前方に顎をしゃくった。

駐車場の隅に、ステーションワゴンが停車していた。運転席では黒縁眼鏡の神経質そうな男が、スマートフォンをいじっている。

黒縁眼鏡はスマートフォンから視線を上げ、怪訝そうに目を細めた。近づいてくるベンツに何人も乗っているのに不審を抱いたようだ。逃走にそなえ、エンジンを始動させる。

簑島と碓井が車をおり、ステーションワゴンの運転席に歩み寄った。

「一人で来いと言ったはずだが」

運転席側のウィンドウをおろしながら、黒縁眼鏡の男が不機嫌そうに吐き捨てる。この男がツネカワで間違いなさそうだ。

「すまない。いろいろと事情が変わってな」

碓井が顔をかく。

「ブツは持ってきたのか」

「それが、なくしちまった」

碓井が両手を広げる横から、簑島が警察手帳を提示すると、ツネカワが血相を変えた。

「ハメやがったな!」

「やめとけやめとけ」

碓井が運転席に手を突っ込んで制止するのも無視して、アクセルを踏み込む。

そのときだった。

どん、と鈍い音がして、走り出そうとしていたステーションワゴンが停止した。

車の前方に横たわる脚が見え、全身から血の気が引いた。

どういうことだ？　誰かを撥《は》ねた？　付近に通行人はいなかったはずだが。

とにかく救急車。簑島がスマートフォンを取り出そうと懐に手を突っ込んだとき、人影が何事もなかったかのように立ち上がった。

あいたた、と腰を押さえながら、矢吹加奈子がこちらに歩み寄ってくる。いつの間にか車をおり、走り出そうとするステーションワゴンの前に飛び出したのか。

「なにやってんだ……」

碓井は信じられないものを見たという顔をしていた。たぶん自分も似たようなものだろうと、簑島は思う。

加奈子は運転席に話しかけた。

「事故ですよね。警察呼んでもらえますか」

呆然《ぼうぜん》としていたツネカワが、我に返ったようだった。

「なに言ってやがる！　おめえがいきなり飛び出してきたんだろう！」

「その主張が正しいかどうかを確認するためにも、警察に検証してもらうべきだと思うんです。防犯カメラもたぶんどこかに設置されているだろうし」

加奈子はきょろきょろと周囲を見回し、「あったあった」と、十メートルほど離れた場所の天井を指差した。

「たぶんあのカメラに事故の模様が映っています。車のナンバーまでしっかり捉えられているので、この場で強引に逃走を図っても、後で捜査員がお宅を訪ねることになると思いますけど、どうしますか」

ツネカワの顔は悔しさと怒りで真っ赤になっていた。

「なにが望みだ」

どうぞ、という感じに、加奈子に視線で促され、簑島は慌ててスマートフォンを取り出した。

液晶画面に野上真穂里ちゃんの写真を表示させる。

「一昨日から行方不明になっている女の子だ」

「おれは知らない」

「わかってる。よく見てくれ」

だがツネカワは画面を見ようとしない。自分の罪を追及されると思っているのだろう。

「おまえを逮捕するつもりはない」

ツネカワの警戒が緩むのがわかった。

「この子は母親から虐待を受けていて、行方不明になった当日も、家を閉め出されていた。そんなとき、何者かによって連れ去られた。いなくなってからすでに四十時間近くが経過している。一刻も早く見つけ出さないと危険だ」

「だからって、おれに話を聞くのは筋違いじゃないか」

「おまえが直接かかわっているとは思っていない。おれたちが欲しいのは、おまえの持つ顧客情報だ」

「顧客情報って、なんの」

ツネカワが往生際悪くしらばっくれる。

すると、加奈子がスマートフォンを取り出した。

「いいですよ。急発進した車に撥ねられたと警察に通報しま――」

「わかった。わかったよ」

ツネカワが両手を上げて降参した。

碓井は感心した様子で口をすぼめている。

「ったく、なんなんだよ」と文句を言いながら、ツネカワが蓑島に手招きした。写真を見せてくれということらしい。

蓑島はスマートフォンの画面をツネカワに向けた。

ツネカワが品定めする商売人の顔つきになる。

「十歳ぐらいか」

「八歳だ。小学校三年生」

「それぐらいの年代を好む客はいないか。東京あるいは関東近郊で」

碓井に訊かれ、ツネカワが最後の抵抗をこころみる。

「大事な顧客情報だぜ。いちおうこっちだって、信用第一でやってんだ」

「なにが信用だ。おまえも客も、全員犯罪者じゃないか」

碓井は鼻を鳴らして一蹴《いっしゅう》した。

ツネカワが後部座席からノートパソコンを取り出し、膝《ひざ》の上で開く。

画面に名簿を表示させた。

「八歳だったな」

「そうだ」

簑島が画面を覗き込もうとすると、肩で視界を塞《ふさ》がれた。

が、ちらりと加奈子をうかがい、彼女がスマートフォンをかまえているのを確認すると、諦《あきら》めたように上体を起こす。

蓑島はあらためてノートパソコンを覗き込んだ。

画面をびっしりと埋めた名簿の名前の多さに、吐き気を覚える。これだけの人間が、児童ポルノの動画を購入しているのか。画面いっぱいに名前が並んでおり、スクロールしても終わりが見えない。

ツネカワが視線を上げた。

「その女の子の身長はいくつだ」

「百三十二センチ」と加奈子が即答し、「四月の時点では」と付け加える。

「だいたいその年代の平均ってところだな。体型は痩《や》せ型……と」

ツネカワが検索条件を入力する。

すると画面いっぱいだった名簿が、十人ほどにまで絞り込まれた。名前や住所が画面に表示されている。

簑島はすかさず車内に身を入れ、ノートパソコンを奪い取った。

「おい、ちょっと。なにすんだよ」

数えてみると、画面に表示された名前は十二人だった。住所と購入したソフト名も表示されている。

「屑の名簿だな」

横から碓井が画面を覗き込んできた。

「どうっすか」

望月も車をおりてきた。

「真穂里ちゃんに近い年代、身長、体型の児童ポルノ映像を購入した客のリストが手に入りました」

加奈子の説明を聞いて「マジっすか。気分悪いな」と胸に手をあてる。それから簑島の手にしたノートパソコンの画面を覗き込んできた。

望月は加奈子を見た。

「ってか、走り出した車の前に飛び出したのを見たとき、心臓が止まるかと思ったんすけど。大丈夫ですか」

「ぜんぜん平気」

いまはそんなことはどうでもいいという感じに、手をひらひらとさせながら、ノートパソコンの画面を見つめている。

「どうする。片っ端から訪ねてみるか」

碓井の提案に、簑島はかぶりを振った。

「時間がかかり過ぎます」

東京だけならともかく、埼玉《さいたま》、神奈川《かながわ》、千葉《ちば》などの住所も掲載されている。たとえ四人で手分けしても、一人あたり三件。一刻を争ういまの状況では効率が悪すぎる。

「連れ去り現場に近い住所のやつから潰していくのはどうですか」

望月の意見に従い、現場の大田区池上に近い住所を探してみる。十二人の中では、品川《しながわ》区大崎《おおさき》在住の人物がもっとも現場に近そうだ。

その結果に、碓井が首をひねった。

「近いって言っても、二、三キロは離れてる」

「それだけ離れた場所に少女を連れ帰るには、車が必要ですね」

簑島の意見に、加奈子が反応する。

「なら住所が連れ去り現場に近いかどうかは、あまり意味がないのでは？　車に乗せちゃえば、遠くに連れ去るのは簡単ですから」

「たしかにそうだ」

望月ががっくりと肩を落とす。

ううん、としばらく考え込んだ後で、「矢吹さん」と蓑島が顔を上げた。

「さっきお願いした駐車場のカメラ映像の解析、どれぐらい進んだでしょうか」

「はい」

「至急と伝えたので、急いでくれていると思いますが」

「担当者に進捗《しんちょく》を訊ねてもらえませんか。一昨日の午後九時から午後十一時の間に、青葉荘の前を通過した車両のナンバーを知りたい」

加奈子がスマートフォンの液晶画面をタップし、電話をかける。さすがにすぐに結果を知ることはできずに、保留にして二十分近く待たされる。途中でツネカワが早くノートパソコンを返せと抗議してきたが、完全無視した。

やがて通話を終えた加奈子が、スマートフォンを握る左手をおろした。

「どうだった」

碓井は散々待たされて焦れたようだ。

「一昨日午後九時から十一時の間に、駐車場の前を通過した車は七台でした。ナンバーも映っていたので陸運局に問い合わせ、所有者の情報をメールで送ってくれるそうです」

言い終えたそばからメールが届いたらしい。加奈子のスマートフォンが振動する。

そして加奈子が差し出してきたスマートフォンの液晶画面には、七人の氏名と住所が掲載されていた。

「あった」

一瞬で見つけてしまった。

加奈子のスマートフォンと、ツネカワのノートパソコンに、同じ名前がある。

大山悠翔《おおやまはると》。住所は神奈川県川崎《かわさき》市。

「本当にあったんですか？」

加奈子が目を丸くする。

「児童ポルノの愛好者で、少女がいなくなった時刻に車で連れ去り現場を通りかかっている。こりゃ間違いないな」

碓井は確信に満ちた口調だ。

「川崎に急ぎましょう」

望月が運転席の扉を開き、大きく手招きをした。

6

「一つ、訊いていいですか」

リアウィンドウ越しに遠ざかるツネカワのステーションワゴンを振り返り、加奈子は言った。

「なんでしょう」

隣の簑島は緊張の面持ちで前方を見つめている。

「本当に見逃すつもりですか。あの男が児童ポルノを販売しているのは明らかです」

おまえを逮捕するつもりはない。

簑島はそう言った。

あれは情報を引き出すための方便だったのか、それとも、本気なのか。児童ポルノの売買なんて、明らかな犯罪行為だ。そんな男と取り引きして、野放しにするのか。

簑島が加奈子を一瞥《いちべつ》する。

「ツネカワのステーションワゴンのナンバー、覚えていますか」

「もちろんです」

しっかり確認したし、スマートフォンを操作する際にひそかにメモ入力しておいた。

「後で所轄の生活安全課に情報を流しましょう」

簑島の言葉に、加奈子は安堵の息を吐いた。

ふふっ、と助手席から碓井の笑いが聞こえる。

「恩を売って今後情報屋として利用し続ける手もあるが、さすがに児童ポルノで儲《もう》けてるやつを放置するわけにはいかんか」

「そうですね。逮捕するつもりはないという約束を、反故《ほご》にすることになりますが」

「気にすんな」と碓井が手を振った。

「あんたは生真面目すぎるんだよ。向こうは平気で嘘《うそ》をつくし、約束なんて屁《へ》とも思っちやいない悪人だ。モラルも道徳もない相手に筋を通そうとしたって、いいように利用されるだけさ。ルール破り上等な相手にたいして、自分だけ杓子定規《しゃくしじょうぎ》にルールを守る必要はない」

なあ、と同意を求められ、望月が頷く。

「簑島の旦那は真《ま》っ直《す》ぐ過ぎます。そこがいいところなんですけど」

「にしても、あんた」

碓井が加奈子を見た。「やるじゃないか」

「私ですか」

加奈子は自分を指差した。

「ああ。走り出した車の前に飛び出したときには、肝を冷やした」

なあ、と同意を求められた望月が頷く。

「この人いかれてると思いました」

二人で笑い合っている。

「別に。たいして速度も出ていなかったし」

加奈子は肩をすくめたが、「いやいや」と碓井がかぶりを振る。

「下手したら腕や脚の一本二本じゃ済まなかったってのに、良い度胸してるぜ。見た目よりよほど肝が据わってる。あんた、すごいよ。たぶん出世する」

だよな、と碓井がルームミラー越しに簑島を見る。

簑島は一瞬だけ視線を合わせ、唇の端を軽く持ち上げた。

「そういえば簑島さん。さっきの続き、話してもらえますか」

簑島は「さっきの？」ととぼけたが、「明石のことです」と加奈子が視線を鋭くすると、観念したようだ。

ツネカワのノートパソコンに大山の住所として記載されたマンションは、川崎市中原区《なかはら》の住宅街にあった。ここからだと車で一時間はかかる。ずっとその話題を避け続けるのは無理だと踏んだのだろう。

「明石は東京拘置所の関係者で間違いありません。ですが職員ではなく、あそこに拘置された死刑囚です。おれは明石に面会するために、東京拘置所を訪ねていました」

加奈子の頭の中が一瞬真っ白になった。

「死刑囚に面会？」

しかも一刻を争う事件の捜査中に。

「明石陽一郎という名前を聞いたことはありませんか」

どこかで聞いたことがある。だがどこで聞いたのか思い出せない。

「すみません。わかりません」

「ストラングラーの事件はご存じですよね」

「もちろんです」

ストラングラーとは、ここ半年で四人を殺した連続殺人鬼の通称だ。被害者はいずれも風俗嬢で、現場はラブホテル。ロープで首を絞めるという殺害方法が共通しており、特徴的なのは、何度か首を絞める力を緩め、蘇生をこころみた形跡すらあるということだった。特徴
おそらくは、相手が意識を失いかけるころに力を緩め、心停止した場合には蘇生《そせい》させて、
相手を極限まで苦しませ、命を弄んだとみられている。
　明石陽一郎。
　思い出した。
「オリジナル・ストラングラーですか」
　ストラングラーの手口は、十四年前逮捕された連続殺人犯を模倣したものだった。スト
ラングラーがその手口を模倣したことによってふたたび脚光を浴び、オリジナル・ストラ
ングラーと呼ばれるようになった男の名前が、明石陽一郎だった。
「そうです。おれはその、オリジナル・ストラングラーに面会していました」
「なんのために？」
「なんのため」と加奈子の発言を繰り返し、簑島が虚空を見上げる。
「自分を奮い立たせるため、でしょうか」
　意味がわからない。思わず眉をひそめた加奈子だったが、続く簑島の告白に息を呑んだ。
「オリジナル・ストラングラーの最後の被害者である久保真生子《くぼまおこ》は、おれの恋人だったん
です。おれが刑事を目指したきっかけは、恋人を明石に殺されたことでした」
　簑島がこちらに視線を向け、軽く口角を持ち上げた。笑っているのに、悲しそうな表情

だった。

「なぜあのタイミングで面会を？」

「そりゃ、なんとしても少女を救い出すためだろうが。儀式みたいなもんだ。もういいだろう。あんたにだって、触れられたくない過去の一つや二つ、あるはずだ」

碓井の言う通り、詮索《せんさく》するのがはばかられる話題だ。だが肝心な疑問にはなにも答えてもらっていない。悲惨な過去を持ち出すことで、それ以上の追及をシャットアウトされたように感じる。

「碓井さんと簑島さんは、どういう関係なんですか」

話題の矛先を変えた。明石の話題に直接触れるのが難しいのなら、遠回りしながら核心に近づくしかない。

「情報を提供してもらう代わりに、こちらからもときどきネタを提供しています」

簑島が言い、碓井が頷く。

「持ちつ持たれつでやってる。あんたも刑事《デカ》としてやっていくなら、独自の情報源ぐらい持ってるだろう」

この男がただの情報提供者？　とてもそうは見えない。

「じゃあ、望月さんは？」

「おれですか」

ハンドルを操作しながら望月が小さく肩を跳ね上げた。

「こいつはあれだ、丁稚《でっち》みたいなもんだ」

「丁稚」という言葉に反応して、望月が不服そうに碓井を見た。

「丁稚っていうか、小間使いっていうか、使いっ走り？」

いや、違うな、と碓井が腕組みをして考え込む。

「アルバイトでいいじゃないすか」

望月の意見を無視して、「雑用係だな。そんな感じだ」

明らかにむっとしたようだったが、それ以上反論するのが面倒になったようだ。

「なんでもいいっすよ、もう」

望月は投げやりな口調だった。

「にしても簑島さんよ」と碓井が話題を変える。

「あんたも迂闊《うかつ》だな。池上から小菅まで尾行されて、まったく気づかなかったのか」

「ええ。まったく」

簑島が面目なさそうに髪をかく。

「私、尾行は得意なんです」

加奈子が言い、碓井が興味深そうに振り返る。

「へえ。そうなのか」

「昔から存在感がないって言われてて、そのせいで対象から気づかれにくいみたいです」

「存在感がないなんてことは、ないですけどね」

ルームミラー越しに望月と目が合う。

「自分から車にぶつかっていくとこなんて見たら、存在感がないなんてとても信じられないな」

碓井は笑っている。

「でも、簑島の旦那にまったく気づかれることなく小菅まで尾行を完遂したんだから、すごいですよ」

「存在感がないかはともかく、尾行が得意なのは間違いないってことか」

運転席と助手席での会話に、簑島は苦笑しながら顔をかいていた。

ベンツは丸子橋《まるこばし》を渡り、神奈川県川崎市に入った。

大山悠翔が真穂里ちゃんを監禁しているはずのマンションまで、あと少しだった。

7

中原街道から少し入った住宅街のコインパーキングにベンツを止め、大山悠翔の住むマンションに向かった。

スマートフォンを手にした加奈子が先導し、男三人がついていく。

「こっちです」

すっかりリーダーシップを発揮するようになった女刑事に、碓井が簑島のほうを見て愉快そうに唇の端を持ち上げる。

「存在感がない、だってよ」

簑島は加奈子に、車中に留《とど》まるよう言った。大山が少女を拉致監禁しているのはほぼ間違いない。だが捜索令状があるわけでもなく、おまけにここは神奈川県。管轄外だ。万に一つ、あてが外れた場合には、警察官を続けられなくなるかもしれない。そうでなくても、組織での出世はまず望めなくなる。これ以上巻き込めないと思っての判断だった。

だが加奈子は頑《かたく》なだった。どうしてもついていくと主張し、一歩も引かなかった。

その結果が、いまだ。

「なにしてるんですか。急ぎますよ」

「はいはい」

娘といってもおかしくないほどの年齢の刑事から命令され、碓井はまんざらでもなさそうだ。

大山のマンションは、七階建てのコンクリート造だった。外装工事中らしく、建物全体に足場が組まれ、ネットで覆われている。

マンションの前には広大な駐車場があった。大山はこの駐車場を車庫登録していた。まずは在宅を確認するため、手分けして大山の車を探す。

簑島は覚えた数字を口の中で復唱しながら、駐車した車のナンバープレートと照合していった。

ところどころ歯抜けのように空いた駐車場の隅では、マンションの住人であろう子どもたちが遊んでいた。同じ年ごろの子どもたちの楽しげな声は、監禁された少女に届いているだろうか。

ほどなく望月の声がした。

「ありました」

駐車場に散っていた三人が、手を上げた望月のもとに駆け寄る。

年式の古い軽ワゴン車だった。ナンバープレートに表示された数字は、簑島が口の中で繰り返していたのと一致する。

「在宅している可能性が高い。行きましょう」

加奈子が逸《はや》る気持ちを抑えきれないという感じで駆け出した。

オートロックではないので、エントランスで足止めを食うことはない。すんなりと通過できた。

エレベーターに乗り込み、大山の住まいのある五階に向けて箱が動き出す。

やがて到着を告げるベルが鳴り、扉が開いた。左右にのびた廊下を右に進んだ突き当たりにあるのが、大山が免許証に登録した部屋の扉だった。

四人は足音を忍ばせながら歩き、扉の前に立った。

碓井が扉の上に設置された電気メーターが回転しているのを確認して「いるな」と頷き、望月がそっと扉に耳を近づけ「人の気配がします」と扉を指差す。

扉の横に設置されたインターフォンにカメラはついていない。住人はドアスコープから来訪者を確認するしかなさそうだ。

「私が」と、加奈子が人差し指でボタンを押すしぐさをした。ドアスコープから外をうかがったとき、いかつい男よりは、若い女が立っていたほうが相手も油断するだろう。

加奈子が扉の前に立ち、男たちは扉の横の壁に背中をつける。

いいですか、と目顔で確認され、簑島は頷いた。

加奈子がインターフォンの呼び出しボタンを押す。

部屋の中で呼び出しの電子音が鳴るのが、かすかに聞こえた。

十数秒経《た》ってから、「はい」とスピーカーから不審そうな男の声が応じる。

「すみません。下の階の者ですが」

加奈子が別人のような明るい声で語りかける。

「はあ」男の声は硬かった。女児を拉致監禁するぐらいだから近隣住人との付き合いもなく、誰かが訪ねてくることもほとんどないのだろう。

そんな相手の警戒を解きほぐすような、加奈子のやさしい語り口だった。

「お宅宛《あ》ての宅配便の荷物が、うちに届いてしまったようなんです」

「え？」

「ごめんなさい。よく確認すればよかったんですけど、私が留守の間に同居人が受け取ったみたいで……」

真偽を図るような沈黙の後、ブツッと通話が切れた。

やがて気配が近づいてきて、錠のはずれる音がする。

扉が開いた瞬間、簑島はノブを握って思い切り引っ張った。

三十手前ぐらいの背の高い男が、つんのめるように飛び出してくる。

「なにする……」

簑島は男を突き飛ばすように押しのけ、玄関に身を入れた。

その瞬間、全身の産毛が逆立った。

男のものと思われる汚れたスニーカーに交じって、小さな子供用のスニーカーが置いてあった。

背後では碓井が男の胸ぐらをつかみ、壁に押しつけていた。

「おまえ、大山か」

「なんだよ」

「大山悠翔かって訊いてるんだ」

二人の押し問答に、望月も加わる。

「碓井さん。とりあえず外に連れ出しましょう」

「そうだな。ここじゃなんだから、外で話しようや」

「なんでだよ！　おい！　なにやってんだ！　勝手に入るな！」

最後の台詞は、簑島にたいする抗議だった。

簑島は靴を脱いで部屋に上がった。後ろから加奈子がついてくる。

廊下が真っ直ぐのびており、左右に扉があった。

まず右側の壁にある扉を開き、部屋の中を覗き込む。物置として使用しているらしく、暗い部屋には段ボール箱が積み重なって雑然としていた。人の気配はない。

廊下に戻ると、向かいの部屋から加奈子が出てきた。簑島と目が合い、かぶりを振る。

さらに廊下を進んだ。

左手にトイレ、右手に洗面所があり、リビングダイニングにつながっている。リビングダイニングにはカウンターキッチンが隣接しており、キッチンの流しには、カップラーメンの空き容器が重ねられていた。まともに自炊していた様子はない。

そしてリビングダイニングの右側に、引き戸があった。

簑島は引き戸を開き、息を呑んだ。

少女がいた。

身長百三十センチ台ぐらいの、痩せ気味の少女。顔立ちも捜査本部から配られた写真と一致する。野上真穂里ちゃんで間違いない。

少女は全裸でベッドの上に座っていた。その左手首には金属の輪がかけられており、ベッドのパイプにかかったもう一つの金属の輪と、鎖でつながれていた。

部屋の中には、公園にある公衆便所のような臭いが立ちこめている。臭いのもとは、ベッドサイドに置かれたバケツだろうか。入浴させてもらえず、排泄《はいせつ》すらもこの部屋でさせられていたのか。

少女は虚《うつ》ろな目をしていた。

突然部屋に入ってきた見知らぬ大人に驚く様子もなく、それどころか、簑島の姿すら見えていないようだった。簑島を通り越して、どこか遠くを見ている。

簑島は後頭部を殴られたような衝撃を受けた。

ベッドの中央辺りのシーツに広がる、黒い染みに気づいたからだった。時間が経ったから黒くなっただけで、おそらく最初は赤かったのだろう。

血液だ。

――傷じゃない。

明石の言葉が鼓膜の奥によみがえる。

――いったん死んでしまったものは、もとには戻らない。かりにガキが生きていたとしても、それは肉体だけの話だ。心はとっくに殺されている。

その通りだ。

全裸で拘束されて人間の尊厳を奪われ、ただ欲望の捌《は》け口にされる。その結果、心が殺される。

死体だと思った。

目の前にいる少女は心臓こそ動いているものの、心はすでに死んでいる。虐待する母親のもとで懸命に生き抜こうとしていた少女を、あの男は……。

かっ、と身体《からだ》が熱くなり、視界が狭くなった。

「簑島さん？」

背後に立っていた加奈子を押しのけ、大股《おおまた》で歩いて玄関に向かう。

玄関の扉は開け放たれたままだった。大山は外廊下で、碓井と望月に両脇を抱えられ、拘束されていた。

「なに勝手に入ってるんだ。不法侵入だろう」

大山が三白眼で睨《にら》みつけてくる。

「どうでしたか」

「女の子はいたのか」

望月と碓井の質問に答えるより先に、簑島は大山の頬めがけてこぶしを叩き込んだ。

吹っ飛んだ大山が外廊下の手すりに背中をぶつけ、膝から崩れ落ちる。

簑島は躊躇なく、その顔に蹴《け》りを浴びせた。

倒れ込んだ大山に馬乗りになり、二発、三発と顔を殴りつける。

「なにやってんだ！」

「手ぇ上げたらまずいっすよ！　簑島の旦那！」

碓井と望月の二人がかりで引き剥《は》がされるまで、殴るのをやめなかった。

大山は廊下に横たわったまま動かない。

顔が腫《は》れて人相が変わり、白目を剝《む》いている。鼻と口から血の筋を垂らし、口から泡を吹きながら、ぴくぴくと身体を痙攣《けいれん》させていた。

8

面会室に入ってくるや、明石は軽く唇の端を持ち上げた。

「ツネカワの情報は役に立ったか」

「ああ。犯人はツネカワの上得意だった。少女も無事に保護した」

大山悠翔によれば、大田区の実家から川崎市に借りた自宅マンションに帰る途中で、アパートの前で座り込む真穂里ちゃんを発見したらしい。話しかけてみると、真穂里ちゃんは母親からなんらかの理由で閉め出されていると語った。なんについて叱《しか》られているのかは、真穂里ちゃん自身も理解できていないようだった。

しばらく話をするうちに、真穂里ちゃんが母親と二人暮らしであるとわかった。父親は離婚して家を出たようだ。

大山は父親の友人のふりをして真穂里ちゃんを車に乗せ、自宅へと連れ帰った。

犯行が露顕した場合に真穂里ちゃんをどうするのかは、まったく考えていなかったという。まさしく場当たり的な、独り善《よ》がりな欲望に任せた犯行だった。もしもマスコミが騒ぎ出し、捜査の手が自分に及ぶ危険を感じたら、真穂里ちゃんごと証拠を隠滅しようとした可能性が高い。

「無事に?」と明石が皮肉っぽく眉を歪める。「そんなわけがないだろう。性犯罪のマエがあるロリコンの変態男が、小学三年生の少女を拉致監禁したんだ」

「わかってる。無事とはいえない」

そう。無事ではない。あの部屋に踏み込んだ瞬間の光景は忘れられない。

「ガキはどうなる。母親のもとに帰すといっても、母親だって虐待してたんだよな」

「児童相談所が介入して、一時保護された」

ふむ、と明石が細めた目で虚空を見つめる。

「それ以外に手はないか。二度と母親とかかわらせないよう、里親でも見つけられれば一番だが、そうはならないかもしれない」

不服そうではあるが、ひとまず母親と引き離した行政の対応には納得したようだ。

「とにかく助かった。あのまま母親犯人説を深掘りしていたら、警察が大山に辿《たど》り着くのにはもっと時間がかかった。そうなれば、あの子は殺されていた」

「あるいはそのほうがよかったのかもしれないがな。そのガキは十年も生きないうちに、重すぎる十字架を背負わされた」

殺されたほうが幸せかもしれない。

反論できない。明石の言う通り、少女の心は死んでいた。あの少女が本当の笑顔を取り戻せるときは、はたして訪れるのだろうか。

明石が顔の前で両手を重ねる。

「多いんだ。風俗嬢になる女の中には、子どものころ性犯罪の被害に遭った経験があるというのが」

明石は殺人容疑で逮捕された当時、風俗のスカウトマンをしていた。明石の犯行とされた四件の殺人事件の被害女性は、いずれも明石からスカウトされ、風俗業界に足を踏み入れていた。

「自我が確立される前に大人の欲望の捌け口にされた女は、自己肯定感が極端に低くなる。自分に価値がないと感じているから、情緒も不安定になるし、自分を安売りする。いわゆるメンヘラってやつだな。風俗で働いて知らないオヤジに抱かれるのだって、自己承認欲求のいびつなかたちでの表出だし、自傷行為ともいえる。もっとも、おれはそういう女の心の傷を利用してさらなる泥沼に引きずり込んでいた屑だが」

にやりと唇の片端を持ち上げる笑みからは、不思議と嫌な印象を受けない。意図して露悪的な表情を作っているように感じだ。

「真生子はどうだった。そういう経験をしていたのか」

ふと思った。簑島は恋人が殺人事件の被害者になるまで、性風俗店で働いていたことを知らなかった。両親に愛されて育った天真爛漫《らんまん》で成績優秀な大学生で、そんな世界とは無縁だと思っていた。だが考えてみれば、彼女の生い立ちをほとんど知らない。

明石がかすかに顔を歪める。

「第一審でおれに死刑判決が出た日」

あの日、簑島は東京地裁一〇四号法廷で判決を聞いていた。まったく反省の色を見せない明石にたいして罵声《ばせい》を浴びせ、退廷させられた。

あのときは、明石にたいして憎しみしかなかった。不潔で薄暗い渋谷の安いラブホテルで、恋人の首を絞めて殺した犯人だと信じていた。

「あのとき、おれが言ったことを覚えてるか。真生子さんは本名の久保真生子でいる時間が嫌いだった、と」

「覚えている」

その後に続く言葉まで、はっきりと。

――あいつは本名の久保真生子でいる時間が嫌いだった。あんた、あいつの抱えている闇《やみ》を照らしてやろうとしたことはあるのか。あいつの寂しさに気づいてやろうとしたことはあるのか。

「あれは事実だ。彼女は自分の名前を嫌っていた。いつも自分ではない誰かになりたがっていた。いっぽうで誰かに愛されることを切望していて、アイデンティティーの揺らぎに苦しめられていた」

胸が締めつけられた。簑島にとっていまの明石との対話は、過去の自分を見つめ直す作業でもあった。

「なぜ自分の名前が嫌いだったか、わかるか」

想像もつかない。首をかしげた蓑島は、続く明石の言葉に目を見開いた。

「父親がつけた名前だからだ」

簑島が声を取り戻すまで、たっぷり十秒は必要だった。

「それは、つまり……」

明石が軽く顎を引いて肯定する。

真生子は父親に性的虐待を受けていた——。

「信じられない」

いや、わかっている。

信じられないのではなく、信じたくないのだ。

真生子の両親には何度か会ったことがある。簑島が明石の死刑宣告を聞いた法廷でも、隣に座っていた。激昂する簑島を背後から抱き留め、「落ち着きなさい」とたしなめてくれた。退廷させられた簑島に、「娘のために怒ってくれてありがとう」と泣きながら礼を言ってくれた。

明石が軽く目を細める。

「家族の正しいあり方だけは、誰にもわからない。家庭というのは地球上でもっとも排他的なコミュニティーだからな。だが他人が介在することのない排他的なコミュニティーが、子供の人生を決定づけるのが厄介なところだ。真生子さんは子供のころの経験が原因で、自分を大切にできずにいた」

簑島は目を閉じて話を聞いていた。明石の話を聞けば聞くほど、己の無力さを思い知らされる。真生子のことをなにも知らなかったし、知ろうともしていなかった。いちばん近くにいながら、彼女の抱える苦しみにまったく気づけなかった。

　ふっ、と明石が笑みを漏らす。

「苦しいか。苦しいだろうな。だがいまさら自分を責めたところで、死んだ人間は帰ってこない」

「わかってる」

「さて、この話は、これぐらいにしておくか。下手したらあんたが泣き出してしまう」

　簑島は鼻を鳴らしたが、精神的に限界に近かったのは間違いない。

「感謝する。今回もおまえがくれた情報のおかげで早期の事件解決につながった」

「礼はいいから行動で返してくれ。どうなんだ、調査のほうは」

　簑島は長い息を吐き、肩を大きく上下させた。

「芳しくない」

「まあ、そうだろうな。これまで十四年以上も独自に調査してきたんだ。いくら内部資料が頭に入っているからといって、入ったばかりのあんたがそう簡単に新事実を見つけられるはずもない」

「すまない」

「謝ることはない。最初から過度な期待はしていない」

　明石は寂しげに笑った。

「それじゃ、おれは行く」

立ち上がる簑島を、明石は「なあ」と呼び止めた。

「少しは信じてくれる気になったか、おれの無実を」

その瞳には、わずかにすがるような色があった。

「わからない」簑島は正直に答えた。

「だが、真相を知りたいとは思っている」

「それでじゅうぶんだ」

明石がかすかに口角を持ち上げる。

簑島も微笑で応じ、死刑囚に背を向けた。

第二章

1

「ミノ」

懐かしい声に振り向くと、そこには伊武孝志《たかし》が立っていた。オールバックの髪型に、胸もとを開けた派手な柄のシャツ。眉間《みけん》に皺《しわ》を寄せた渋面も最初は怖かったが、たんなる癖であり、とくに不機嫌なわけではないということも、いまでは理解している。

いま——？

簑島の脳裏に疑問がよぎった。

いま、伊武が声をかけてくるのはおかしい。伊武は死んだのだ。

そう思った瞬間、激しい雨が降り出した。だが簑島も伊武も濡《ぬ》れない。夢だと気づいた。

簑島は夢うつつのふわふわとした感覚の中で、伊武と向き合っていた。

雨に打たれているということは、あのときか。

伊武が銃撃され、命を落とした日。

そう考えたとたんに、周囲の景色が鮮明になる。

二人がいるのは上野公園だった。動物園から公園の出口に向かって、人の流れができている。傘を用意していなかったらしい大学生ふうの若いカップルが、彼氏のジャケットを傘代わりにしながら簑島のすぐ横を走り抜けていった。やはり夢だと、簑島は確信する。現実では、伊武の止血で手が離せない簑島に代わって、いまのカップルの男のほうが救急車を呼んだのだ。

夢でもかまわない。伊武には訊《き》きたいことが山ほどあった。

「お久しぶりです」

「久しぶりだな。元気そうでなによりだ」

満足そうに目を細める姿は、簑島が年の離れた兄のように慕っていた刑事のものだった。

「伊武さんを撃ったのは、ストラングラーですか」

「おいおい。久々に会っていきなりそれか」伊武は苦笑する。

「おれがここでなにを話したって、意味はない。これは現実ではないんだ」

伊武が両手を広げておどける。

簑島は無視して話を進めた。

「あのタイミングであなたを消す理由は、それ以外に思い浮かばない」

「たんにおまえが、おれという人間を知らなかっただけかもしれないぜ。人間にはたくさんの顔がある。一面だけを見てその人間を理解することはできない」

「認めます。おれはあなたのことを知らなかった。あなたが保身のために人殺しまでするような人だとは、思っていなかった」

「そりゃ誤解だ。おれが外山《とやま》を殺したのは保身のためじゃない。殺人鬼が野に放たれるのを防ぐためだ」

伊武は錦糸町《きんしちよう》署の外山という刑事を、自殺に見せかけて殺した。上野公園で簑島が疑惑をぶつけると、伊武は犯行を認めた。伊武が撃たれたのは、その直後だった。

「あなたは十四年前、明石逮捕のために不正を行っていた」

「少し大袈裟《おおげさ》じゃないか。別件逮捕なんて珍しくもない」

「ただの別件逮捕ではありません。あなたが捏造《ねつぞう》した証拠に基づく家宅捜索が行われた」

「だとしても、明石のアパートから凶器のロープが見つかったのは事実だ」

「スタート地点に嘘《うそ》があった家宅捜索で見つかった証拠なんか信頼できない」

明石は新宿《しんじゆく》ゴールデン街で絡んできたチンピラを返り討ちにしたことで、暴行傷害の罪に問われた。ただの酔っ払いの喧嘩《けんか》で家宅捜索まで行われたのは、四件の連続殺人に関与しているとみて、かねてから捜査本部がマークしていたからだ。

それだけではない。明石に執拗《しつよう》に絡んで返り討ちに遭い、警察に被害届を出したチンピラは、明石に喧嘩を売るよう、伊武からの指示を受けていた。

「おまえがなんと思おうが勝手だ。おれは間違ったことをしたとは考えていない。あのとき明石を逮捕しなければ、五番目六番目の犠牲者が生まれていた」

「そう考えたいだけですよね」

「なにが言いたい」

伊武が不愉快そうに片眉《かたまゆ》を歪《ゆが》める。

「これまではそう考えることで、自分の不正を正当化できていた。明石を逮捕することは正義で、自分の行動で起こるはずだった犯罪を防ぐことができたのだと。でもストラングラーの登場以来、自信が揺らいだんじゃないですか」

「なぜそう思う」

「そんなこと、おれに訊《き》く必要ないでしょう」

伊武が唇を曲げた。

「ただの模倣犯だ」

「おれも最初はそう思っていました。ストラングラーの手口は、十四年前の明石の犯行を詳細まで真似《まね》ている。明石を勝手に神聖視するコピーキャットなんだと。警察でしか知りえなかった部分までも真似られていたのを、ストラングラーが捜査情報を盗み出している可能性があると強引に解釈までしていた。でも違うんです。ストラングラーが明石を真似ているんじゃない。十四年前の四件の殺人も、ここ半年で発生した四件も、単純に同じ犯人によって起こされたというだけの話だった。そう考えれば、十四年前の犯行は明石ではないと考えるしかない。冤罪《えんざい》です」

「おまえ、完全に明石に毒されちまったみたいだな」

深いため息を浴びせられた。

伊武が諭す口調になる。

「辻褄《つじつま》が合うように明石が事実を結びつけて、都合よく解釈し、おまえをいいように利用しているだけじゃないか。十四年前の事件は明石の犯行ということで、すでに死刑が確定している」

「冤罪という言葉が存在する以上、判決が間違っている可能性はあります」

「おまえは自分の恋人を、明石に殺されたんだぞ」

「だからこそ真実が知りたいんだ」

――十四年前の事件は冤罪だ。おれはやっていない。あんたに、おれの無実を証明する手助けをしてほしい。

最初に東京拘置所の面会室で明石からそう言われたとき、怒りで全身の血液が沸騰した。判決が確定して執行を待つばかりの身になっても、いっさい反省をせずに生に執着する姿を、心底醜いと思った。

だがやっていないのなら？

本当に、冤罪だとしたら――？

半信半疑だったのが、次第に冤罪の可能性を考えるようになった。伊武の指摘通り、明石の口車に乗せられているのではないか、籠絡《ろうらく》されてしまったのではと疑うこともある。極力、立ち止まって自分と自分の行動を客観視するように心がけている。それでもやはり結論は同じだ。

明石は冤罪の可能性が高い。

「百歩譲って」と、簑島は切り出した。

「百歩譲って、伊武さんが外山さんを殺したのは、保身のためでなかったとします。あなたは心の底から明石の犯行を信じていた。たいする外山さんは、明石の無実を証明しようと奔走していた。その過程で、明石逮捕の際に行われたあなたの工作に気づいた。外山さんは事実確認のためにあなたに接触して、口封じのために殺された」

「そうだ。外山のやつ、すっかり明石に心酔して、明石の無実を証明しようとしてやがった。殺人鬼を野に放つわけにはいかないと思ったから、おれが殺した」

「その後あなたが殺されたのは、なぜですか」

伊武は仏頂面で簑島を見つめたまま、口を開かない。

「おれも外山さんと同じことに気づいた。あなたはおれを殺すつもりで刃物を持参していたが、結局それを使うことはなかった。おれはあなたを逮捕し、あなたが十四年前にしたことも含めて、上に報告するつもりだった。だがその矢先、何者かがあなたを撃った」

「痛かったぜ、あれは。結局何発撃たれたんだっけ」

顔をしかめた伊武が、自分の胸のあたりを擦《こす》る。すると伊武の胸から腹にかけて銃で撃たれたような赤い血の斑点が現れ、そこからあふれ出した血液で身体《からだ》の前面がどす黒く染まった。

「命中したのは三発で、外れたのが二発です」

「巻き添えは？」

「ありませんでした。近くの木の幹から、外れた弾丸が回収されています」

「そりゃよかった。不幸中の幸いだ。関係のない市民を巻きこんだとあっちゃ、死んでも死にきれない」

銃創などまったく気にする様子もなく、伊武が笑う。

簑島は話の筋を戻した。

「あなたを殺して得するのは、明石の再審請求が通って欲しくない人間です。あなたの所業が明らかになれば、家宅捜索で発見された証拠についても疑義が生まれる。再審請求は通り、四件の殺人についても冤罪が成立し、明石が自由の身になる。犯人は、明石に死刑囚のままでいて欲しかった」

伊武の顔から笑みが消えても、簑島はかまわず続けた。

「明石が死刑囚のままで得をするなんていう人間は、そういない。拘置所で自由を奪われている明石には、自らなんらかのアクションを起こすことができません。社会的に無力で、脅威にはなりえない。それでも明石が死刑囚のままでいることによって得をする人間が。まったく存在しないというわけではない」

深く息を吸い、吐いた。「真犯人です」

伊武が不快げに眉根を寄せる。

「あなたの口を封じれば、あなたが十四年前にしたことの真相も闇に葬られ、現状、明石を自由にするための唯一の可能性を消し去ることができる。皮肉ですが、あなたが殺されたことによって、おれは明石を信じる気持ちがより強くなりました。少なくとも、真実が明らかになっては困る人間が存在する」

「だがもうなにをしても無駄だ。おれは死んだ」

「あなたを撃ったのは、誰《だれ》ですか」

――犯人は知り合いなんですか。

死の直前、簑島から投げかけられた質問に、伊武は頷《うなず》いた。あのタイミングであの場所に現れたことを考えても、伊武を撃ったのは身近な人間――もっと言えば警察関係者と思われる。

伊武がかぶりを振る。

「残念ながらそれは答えられない。これはおまえの夢の中で、おれはおまえの知っている範囲のことしか話せない」

わかっているだろう、と肩に手を置かれそうになったので「触るな」と振り払った。

その瞬間、周囲の景色が一瞬で切り替わった。

二人は無機質なコンクリートの空間にいた。薄暗く、空気が不快な湿り気を帯びていて、かすかに風が吹いている。

「ここは……」

首を振ってあたりを見回したそのとき、バタン、と音がして、天井からなにかが落ちてきた。

明石だった。首にロープをかけられた明石の両足は、地面についていない。だらりと脱力した状態で、天井からぶら下がっている。

「明石！」

自分の叫びで目が覚めた。

ベッドの上で上体を起こす。呼吸が乱れ、全身が汗で濡れていた。

部屋は暗いが、窓の外は青白くなり始めている。夜明けが近いようだ。

ふうと長い息をついたそのとき、胸が詰まり、呼吸が止まるような感覚に陥った。

部屋の隅の暗がりに、伊武が立っている。三つの銃創から流れ出た血で身体の前面をどす黒く汚したまま、にやりと簑島に笑いかけた。

「よう。ミノ」

おれは……正気を失ってしまったのかもしれない。

2

その男が襖《ふすま》を開けたのは、加奈子が個室に入ってから十五分後のことだった。

「悪い。待ったか」

革靴を脱ぎ、長身を折り畳むようにしながら部屋に入ってくる。

「平気です。ゲームやってたし」

加奈子はテーブルの上でスマートフォンを操作していた。

「ゲームってポケモンGOか」

「あれはもうやってません。いまは別のです」

ほおん、とさして興味もなさそうに言いながら、男が脱いだコートをハンガーにかける。

「今日はお忙しいところ、すみません」

「かまわない。どのみち在庁番でやることはない。それに、北馬込署の様子も聞きたかったしな。三宅《みやけ》さんは相変わらずか」

「谷垣《たにがき》さんのいたころと変わらず、日に一回は怒鳴り散らしてます」

「あのおっさんもすいぶん丸くなったな。おれがいたころは日に三回だったぞ」

垂れ目を細めて軽口を叩《たた》くこの男の名前は、谷垣義巳《よしみ》。二年前まで加奈子と同じ北馬込署の刑事課員だったが、本庁の捜査一課に引き抜かれていった。

二人がいるのは、五反田《ごたんだ》にある居酒屋チェーンの個室だった。料理も酒も値段のわりに美味《おい》しいので加奈子はよく利用している店だが、いつもはもっぱらボックス席やカウンター席で、個室を予約したのは今日が初めてだ。

「ビールでいいですか」

テーブルの隅に置いてある呼び出しボタンに手を置き、訊《たず》ねる。

「おう。つまみはどうする」

「先に適当に頼んでおきました」

「さすが。気が利く後輩だな」

ボタンを押して店員を呼び出し、生ビールを二つ注文した。数分で戻ってきた店員は、生ビールのジョッキと一緒に枝豆や刺身の盛り合わせを運んできた。

ジョッキを合わせ、乾杯する。

ぷはーと美味《うま》そうな息を吐き、唇の端についた泡を手で拭《ぬぐ》いながら、先輩刑事は言った。

「で、話ってなんだ。ついにセクハラに耐えられなくなったか」

「それは大丈夫です」

警察官になったときから、女だからという理由で理不尽な扱いを受けてきた。刑事になった当初はとくに酷《ひど》かった。だがそれも最近は収まりつつある。自分の仕事ぶりが認められたのか、警察の体質に染まって鈍感になっただけなのかはわからない。

「だよな。ここに来るまでは、仕事を辞めたいとか、そんな相談をされるものだとばかり思っていたが、おまえの顔を見た瞬間、違うとわかった」

さすが捜査一課からスカウトされる人材だ。

「簑島さんのことを、ご存じですか」

「簑島？」

ピンと来ていないようだったので「この前、ペアを組んだのですが」と説明を加えた。

「捜一の簑島か。河村《かわむら》班の」

「そうです」

「やつがどうかしたのか」

加奈子は言葉を選ぶ間を挟んだ。

「すごく変わった人ですよね」

「そうなのか？　おれは班が違うから、ほとんど話したことはないが」

谷垣が愉快そうに肩を揺する。

「かなり変わった人だと思いました」

「そんなこと言い出したらキリがない。捜一なんてまともな人間の来るところじゃない。変人の巣窟《そうくつ》だ」

「谷垣さんを筆頭に、ですか」

「こいつ」

谷垣がこぶしで殴る真似をする。

この一週間、加奈子は仕事の合間を縫って簑島朗の過去について調べた。

十四年前に発生した連続殺人事件。

四人の被害女性の中に、簑島が口にした久保真生子という名前がたしかにあった。簑島は彼女と交際していた。

久保真生子は、十四年前の風俗嬢連続殺人事件の最後の被害者だった。ミオという源氏《げんじ》名《な》で『渋谷バスケットガール』というデリバリーヘルスに勤務していた彼女は、客から指定された午後十時半に渋谷の『ホテル万年《まんねん》』というホテルに入り、そのまま帰らぬ人となった。古いホテルで防犯カメラは設置されておらず、ホテルの従業員は犯人の顔を見ていない。

真生子は明石にスカウトされたのがきっかけで風俗の仕事を始め、入店以降も明石と連絡を取り合っていた。

警察による徹底マークの結果、明石は新宿のゴールデン街で起こした傷害事件の捜査で家宅捜索を受け、押し入れから連続殺人に使用されたロープが発見されたために、逮捕に至った。ロープからは四人の女性の体液や皮膚組織、毛髪などが検出されている。

明石は一貫して無罪を主張し続けたが、決定的な物証があり、なおかつ明石自身が重度のアルコール中毒で事件当時の記憶を喪失していたため、アリバイの立証ができなかった。結果、明石の主張は退けられ、死刑が確定する。

加奈子にとって不可解なのは、明石と簑島の関係だった。

簑島にとって、明石は憎悪の対象のはずだ。なのになぜ面会したのか。東京拘置所に入っていく様子を見る限り、簑島は面会に慣れている様子だった。おそらく、あれが初めてではない。定期的に面会している。

二人でなにを話していたのか。

簑島の、そして明石の目的はなんなのか。

なにかがある。

「どういうつもりか知らないが、あんまり深くかかわらないほうがいいと思うけどな、簑島とは」

枝豆をつまみながら、谷垣が含みのある表情を浮かべる。

「どうしてですか」

「三か月前に上野公園で捜一の刑事が撃たれて死んだ事件は、知っているよな」

「もちろん。伊武警部補ですよね」

現役の警察官を白昼堂々襲撃するという事件は、警視庁内部だけでなく世間に激震を与えた。マスコミでも大きく報道されている。身内の弔い合戦とばかりに大々的な捜査が行われたが、いまだ犯人は捕まっていない。

「伊武さんが撃たれたときに一緒にいたのが、簑島だった」

加奈子は息を呑《の》んだ。

頭に浮かんだ最悪の想像を先回りするように、谷垣が手をひらひらとさせる。

「犯人は簑島じゃない。目撃者も多数いる中での犯行だったので、その点ははっきりしている」

脱力してから、加奈子は自分が緊張していたのだと気づく。

だが、と谷垣は続けた。

「伊武さんは、あいつと一緒にいるときに撃たれた。あいつだって、なにかヤバいことに手を染めていたかもしれない」

「ヤバいことって？」

「そこまではわからん」

肩をすくめられた。

「簑島さんは、そういうことをしそうな人なんですか」

「いいや」と即答された。

「どっちかと言うと逆だな。真面目《まじめ》すぎて融通が利かないというか、おもしろみに欠ける印象だ。飲む、打つ、買う、どれも興味がなさそうで、なにを楽しみに生きているのかわからない。まあ……おれはやつと親しいわけじゃないし、実際にどうなのかは知らないが……ただ、なんと言うか、底知れない闇《やみ》みたいなものを抱えているような気がする。もっとも、これは先入観のせいも大きいのかもしれないが」

「明石陽一郎ですね」

「知ってたのか。簑島はあまり自分のことを話さないタイプだと思っていたが」

谷垣は意外そうな顔をした。

「直接話してもらったわけではありません」

「警察官ってのは噂話《うわさばなし》好きだからな」

お節介な同僚の誰かが、加奈子に伝えたと解釈したようだ。

「彼女さんがオリジナル・ストラングラーの被害者だとか」

「オリジナル・ストラングラーか。あまり好きな呼び方じゃないが、ストラングラーの尻《しっ》尾《ぽ》すらつかめていない状況だし、文句も言えないか」

谷垣が苦笑しながらジョッキに口をつける。

「ストラングラーの捜査は進んでいないんですか」

「おれは担当でないから完全に把握しているわけじゃないが、行き詰まってるだろうな。新たな犯行でも起こらない限り、新しい証拠も出てこない……おっと、だからと言って新たな被害者が生まれるのを望んでいるわけじゃないぞ。これ以上、やりたい放題されるなんてたまったものじゃない」

慌てて弁解する谷垣に「わかっています」と頷き、加奈子は言った。

「ストラングラーは明石の犯行を模倣しているんですよね」

「そうだ。被害者は全員がデリヘル勤務の風俗嬢。ロープで絞殺するという手口。しかもいっきに絞め殺すのではなく、何度か絞める力を緩めたり、ときには心停止した被害者に蘇生《そせい》措置まで施したりして弄《もてあそ》んでいる。そのわりに性器の挿入など、直接的な性行為は伴っていない。完全な模倣犯だ。だからこそ、明石にオリジナル・ストラングラーなんていう二つ名が授けられたわけだが」

谷垣は皮肉っぽい笑みを浮かべた。

「明石とストラングラーに、直接的なつながりがあるとは考えられませんか」

「直接的な？」と不審げに眉をひそめられた。「明石とストラングラーが知り合いってことか？　たんなる模倣犯ではなく？」

「知り合いというか、どこかでつながっているというか」

たとえば、定期的に面会している？

まさか。

だがそうでもなければ、簑島が明石のもとに足しげく通う理由がない。

「どうだろうな。たぶんないとは思うが」

明石とストラングラーにつながりがあるか考えたというよりも、関心がないのでこの話はもう終わりにしたいというような、先輩刑事の口調だった。

「おまえは、どうしてそう考える」

谷垣が不思議そうに訊いた。

簑島が明石に面会している。その情報がなければ、加奈子の興味は不可解だろう。逆に洗いざらい話せば、谷垣はおおいに興味を抱いてくれるかもしれない。

どう答えるか。

数秒考えた後で、加奈子は首をかしげた。

「別に。ただ、なんとなく」

誤魔化せたとは思わない。だが話したくないことを無理に聞き出そうとする相手でもないことは、よくわかっていた。

案の定、谷垣はつまらなそうに肩をすくめる。

「なんだよ、それ。話したくないならいいけど」

谷垣は店員の呼び出しボタンを押し、注文を取りに来た店員に「黒霧島《くろきりしま》。ロックで」と告げた。

3

簑島は道玄坂《どうげんざか》をのぼり、円山町《まるやまちょう》に入った。

花街から発展したこのあたりには、およそ三百ものホテルがひしめいている。まだ日が高い時間にもかかわらず、少し歩いただけで何組ものカップルとすれ違った。

ライブハウスやクラブも建ち並ぶ表通りから一本入ると、もともと湿度の高い空気がさらにしっとりと重みを増し、肌にまとわりついてくる。

蓑島の目的地は、じめついたホテル街に突然現れる、高級そうなマンションだった。ちょうどそのあたりで日陰も途切れるので、そこだけが街から浮き上がっているような錯覚を覚える。

ガラス張りのエントランスに入ると、オートロックのガラス扉越しに中庭が見えた。

インターフォンで三階の部屋を呼び出す。

『どうぞ』

女の声とともに、オートロックの錠が外れる音がした。

エレベーターで三階にのぼる。左手にある扉がわずかに開き、そこから女が顔を覗《のぞ》かせていた。すらりと背が高く、長い黒髪をブラウスの胸もとまで垂らした女が、艶《つや》っぽい笑みを浮かべている。

彼女の名は明石仁美《ひとみ》。明石陽一郎の妻だ。せいぜい三十歳ぐらいにしか見えない彼女が、十四年前に逮捕された死刑囚の妻というのは計算が合わないが、明石とは獄中結婚らしい。

「こんにちは」

「どうして鍵《かぎ》使わないの」

仁美は薄い笑みを湛《たた》えたまま、近づく蓑島を見上げた。

明石の協力者たちの『アジト』になっているこのマンションに、仁美は住んでいない。望月や碓井も合い鍵を持って自由に出入りしているし、蓑島にも合い鍵が与えられていた。だがそれを使うのには抵抗があった。

「別に。意味はありません」

「意味がないことなんか、世の中にはないのよ」

仁美が口角を持ち上げて笑みを深めながら、扉を大きく開いて蓑島を招き入れた。

碓井曰《いわ》く「おれのアパートの部屋と変わらない広さ」の玄関でスリッパに履き替え、大理石の廊下を進む。一面ガラス張りのリビングルームには高級家具が余裕を持って配置されており、モデルルームを通り越して映画のセットのようだ。

「いまは誰も?」

「そうよ。私たち二人きり」

意味深に言いながら、仁美が背後に歩み寄ってくる。

背中に仁美の手が触れ、蓑島はさっと身を引いた。

仁美は右手を軽く前に出したまま、目を瞬《しばたた》く。

「ジャケット」

上着を預かろうとしただけのようだ。

「なにか勘違いした？」

仁美がアーモンド型の目を細める。

「いいや」

「もしかして期待した？」

「まさか。ジャケットは自分でやります」

赤面したのを見られたくなくて、蓑島は顔を背けた。

仁美の気配を嫌うように早足で歩き、扉に手をかける。

リビングに隣接した部屋は、資料室になっていた。壁際には背の高い書棚がいくつも並び、明石の起こしたとされる事件の関連書籍や、独自に収集した資料のファイルがぎっしりと詰め込まれている。部屋の中央には大きなテーブルを囲むように椅子《いす》が並べられていて、ときにはここで碓井や望月と作戦会議を行うこともあった。

蓑島は脱いだジャケットを椅子の背もたれにかけ、書棚に向かう。

だが結局、なにを手に取ることもなく椅子を引いた。よく集めたと感心するが、しょせんは民間人の仕事だ。蓑島は警察に保管された風俗嬢連続殺人事件の資料にくまなく目を通し、しかもそれらが完全に頭に入っていた。

ふいに視界を人影がよぎった気がして、弾《はじ》かれたように振り向く。

伊武の姿は見えない。

安堵《あんど》して正面に向き直ったそのとき、耳もとに伊武の声がした。

「良い女じゃないか」

黒目だけを左に動かすと、伊武の顔があった。蓑島の両肩に手を置き、背後から覗き込むようなかたちで蓑島に頰《ほお》を寄せている。

蓑島は目を閉じ、消えろ、消えろと念じた。

「消えねえよ。消えろと念じるってことは、それだけ強く意識するってことだ。おまえが意識すればするほど、おれの存在感は増してくる」

「あんたは実在しない」

「それは違うな」伊武は否定した。「ほかのやつには見えないってだけだ」

「見えないものは存在しない」

「ああ。そうだ。だからおまえ以外の人間にとって、おれは存在しない。けどおまえには見えている。こうやって会話もできている。実在するじゃないか」

「あんたはおれの想像の産物だ。本物の伊武孝志は死んだ」

「その通りだ。おれは本物の伊武孝志ではない。おまえが頭の中で作り上げた、伊武孝志の亡霊だ」

いや亡霊というより残像か？　よくわからんが。伊武は首をかしげてぶつぶつと呟《つぶや》き、勝手に納得したようだった。これもすべて、簑島自身の想像の産物に過ぎないのか。それともなにかしらの外的な要因が影響しているのか。わからない。どこまでが現実で、どこまでが虚像なのか。

「とにかく、おれは実在する、おまえにとっては。死んだ人間が心の中で生き続けるって言い回しがあるじゃないか。あんな感じだよ。おれはおまえの想像の産物に過ぎないが、おまえにとってはしっかり実在している」

「哲学的な問答をするつもりはない」

そしてたしかに、こいつはおれの想像の産物だと、簑島は確信した。本物の伊武は、こんなまどろっこしい言い回しはしない。

「なにしに出てきた」

「あの女、やっちまえよ」

「は？」

横目で睨《にら》みつけると、伊武がいやらしく目を細める。

「おまえに色目使ってるじゃないか。明らかに気がある」

「おまえはやっぱり偽物だな。本物の伊武さんは、そんな下衆《げす》な物言いはしなかった」

「そうさ。おれは実在はしてるが本物じゃない。そして本物の伊武が下衆な物言いをしなかったというのなら、おれの言葉はどこから出てきていると思う?」

ぐっ、と言葉が喉《のど》に詰まった。

伊武が小さく笑みを漏らし、自分の側頭部を人差し指でとんとんと叩く。

「おまえだよ。おれの言葉は、おまえの願望だ」

「嘘だ」

「嘘なもんか。おれはおまえによって作り出された。おれの発する言葉はすべて、おまえの頭の中から出てきたものだ」

「くだらない。彼女は結婚している」

馬鹿にしたように鼻を鳴らされた。

「つまらないね、おまえってやつは。本当につまらない」

「なんとでも言え」

「おまえだってまんざらでもないはずだ。最初にあの女と出会ったとき、久保真生子と瓜《うり》二つだと思ったじゃないか」

「あんたはそのとき、その場にいなかった」

「いたさ。だっておれはおまえ自身だ。初めてここに来たときの、おまえの顔と言ったら。ポーッと顔を赤くしやがってよ……傑作だったな。女と手をつないだこともない中学生かっての」

腹を抱えて笑われムッとしたが、伊武の指摘は間違っていない。

仁美に出会ったのは、最初にこのマンションを訪れたときだった。そもそも明石の冤罪を成立させるための活動のスポンサーであり、実際に捜査にかかわることのない仁美とは、ここでしか会えない。

最初に出会ったとき、簑島は仁美を、かつての恋人と見間違えた。容姿はまったく似ていない。真生子と比べて仁美は背が高く、目鼻立ちもはっきりしていて、メイクや服装も派手だ。にもかかわらず、簑島は真生子が生き返ったのかと錯覚した。

いまでもわからない。なぜ仁美と真生子が似ていると感じたのか。

「ヤリたいからだよ」

伊武が低い声で囁《ささや》く。「似ていると思ったんじゃない。二人にたいして同じ感情を抱いたから、似ていると錯覚したんだ。実際には〈似ている〉んじゃない。二人ともヤリたいと思った。二人が似てるんじゃなくて、おまえが二人にたいして同じ感情を抱いた。それだけだ」

簑島が睨みつけると、伊武が両手を上げる。

「そんなに怖い顔するなよ。おれは間違ってない。おまえの考えていることはお見通しなんだ。だって――」

「あんたはおれだから、だろう」

「ようやく認めたか。おれはおまえだ。偽善者のおまえがけっして表には出さない、ヘドロみたいな黒い感情だ。おれはおまえの気持ちを代弁している。自覚はなくても、そう思ってる。だがそれはおまえだけじゃない」

　脳に直接語りかけるような声に、視界がぼやけ、意識が遠のく。

「真っ白な人間なんかいない。誰だって後ろめたい過去や、隠したい秘密がある。おれだってそうだったし、おまえの恋人だってそうだった。人生は一度きりだ。欲しいものは遠慮せずに手に入れろ。やっちまえ。いまこのマンションにいるのはおまえと明石仁美の二人で、仁美はおまえのことを好いている。仁美が結婚しているなんて、そんなことは関係ない。仁美の旦那は塀の中で、死ぬまで出てこられやしない。黙ってりゃいい。おまえが仁美を慰めてやれ。欲しいものを手に入れろ」

　頭の中で伊武の声が反響する。

　スマートフォンの振動で我に返った。

　気づけば、簑島はいまにもドアノブに手をかけようかという姿勢だった。無意識に仁美のいるリビングに向かおうとしていたのか。

　伊武の姿はない。

　懐《ふところ》からスマートフォンを取り出し、液晶画面を確認する。望月からの音声発信だった。

「もしもし」

『簑島の旦那《だんな》。いま、大丈夫ですか』

「ああ」

『いまはどちらに？』

「アジトにいる」

『それはお疲れさまです』

背筋をのばして深々と頭を下げる、直角のお辞儀が目に浮かぶような言い方だった。ずいぶんと懐かれたものだ。

「どうした」

『本当は仁美さんがよかったんですけど、何度か電話してもつながらなかったんで』

思わず眉をひそめた。

「つながらなかったのか」

『はい。忙しいんですかね。最近、アジトにもあまり顔を出さなくなったし』

おかしい。そんなはずはない。

簑島はノブを握り、扉を少し開けてリビングルームを覗き見た。

高級そうなソファに身を投げだし、肘置《ひじお》きに足をのせた仁美が、スマートフォンをいじっていた。扉が開いたのに気づいて顔を上げ、軽く口角を持ち上げてみせる。

どういうつもりだ。

『どうしました？』という望月の声に意識を引き戻された。

「なんでもない。用件はなんだ」

『いま小菅なんですよ。明石さんに面会してきたんですけど、話したいことがあるから会いに来て欲しいって』

「話したいこと?」

『ファンレターが届いたとか』

「ファンレター?」

話が見えてこない。望月も戸惑っている。

『おれもよくわからないんです。詳しく話を聞こうとしたら、面会終了させられて。だから仁美さんにお願いしようと思って』

同じ人間が一日に何度も面会することはできないから、代わりに用件を聞いて欲しいらしい。仁美に頼もうとしたのは、家族だと面会の申請が通りやすいからだろう。

『碓井さんは仕事中で動けないっていうし、そうなると簑島の旦那しかお願いできる相手がいないんです。申し訳ないんですけど、いまから小菅まで来てもらえませんか』

望月が懇願口調になる。

「わかった。これから向かう」

『ありがとうございます。マジ助かります』

通話を終えてスマートフォンを耳から離すと、仁美が顔を上げた。

「出かけるの」

「小菅に行きます。明石が面会に来て欲しいそうです」

「そう」

「おれが行くより、仁美さんが行ったほうがスムーズに面会できると思うんですが」

「えー。めんどくさい。呼ばれたのは朗くんだから、朗くんが行くべきじゃない」

口をすぼめて文句を言うしぐさは、十代の少女のようだ。

「望月はおれに電話する前、仁美さんに電話したと言っていました、しかも何度か」

「うん。あったね」

なんでもないことのような返事だった。

「なぜ出なかったんですか」

「気分が乗らなかったから」

あっけらかんとした口調だった。

絶句する蓑島を、仁美が見上げる。

「なに？」

「いいえ。なんでもないです」

簑島はわずかに唇を歪め、玄関に向けて歩き出した。

4

「ファンレターってなんだ」

明石が腰をおろすなり、アクリル板越しに簑島は訊いた。

「言葉通りの意味だ」と明石が両肩をすくめる。

「連続殺人鬼はある種の崇拝の対象となるらしい。頭のおかしなやつから、けっこうな頻度で手紙が届く」

それは想像がつく。どんなに酷《ひど》い人間でも、それが凶悪な犯罪に手を染めた人間でも、露出が多ければ好意を抱く人種は一定数存在する。容姿がすぐれていればなおのことだ。二年七か月もの逃亡生活の末に逮捕された男のファンクラブがSNS上に作られ、話題になったこともあった。

「ハイブリストフィリア——犯罪性愛という、一種の性的倒錯らしい。犯罪にたいして性的な魅力を感じるフェティシズムだ。おれにはさっぱり理解できないし、そもそも連中が鼻息も荒く讃《たた》える犯罪行為は、おれの手によるものじゃないので迷惑きわまりないんだが」

そこまで言って、あっ、となにかを思い出した顔になる。

「仁美もそうだったな。それなら悪いことばかりでもないわけか。もっともあいつがハイブリストフィリアだとすれば、おれの無実を証明した時点でおれの魅力はまったくなくなってしまうわけだが、それならそれでいい」

ふふっと肩を揺する明石に、無理やり口角を持ち上げて調子を合わせた。

脳裏には、リビングルームのソファに脚を投げ出し、スマートフォンをいじる仁美の姿が浮かんでいた。遊び飽きた子どものようだった。明石が考える以上に、仁美の心変わりは早いかもしれない。

「そんなくだらない自慢話をするために呼びつけたのか」

後ろめたさからややぞんざいな口調になり、明石が怪訝《けげん》そうに眉をひそめる。

「まさか。ファンレターが届くたびに呼び出していたら、あんたは毎日ここに通うことになる」

皮肉っぽい笑みの後、明石は表情を引き締めた。

「何度か手紙を送ってきた中に、沖波《おきなみ》メイというのがいる」

「沖波？　珍しい名前だな」

簑島の漏らした素直な感想に、明石が眉をひそめる。

「あんたの発言は、ときどき冗談なのか本気なのか判断がつきにくい」

明石の発言の意図がつかめずに、今度は簑島が眉をひそめた。

「なにが言いたい」

「沖波メイだなんて、一聴して偽名とわかるだろ」

たしかに変わった響きではあるが、即座に偽名と判断するレベルだろうか。

首をかしげる簑島に、明石が種明かしをする。

「アニメの登場人物の名前だ」

明石がアニメのタイトルを口にする。二十年ほど前にテレビで放送され、人気を博したらしい。沖波メイはそのアニメのヒロインなのだという。番組名にはうっすら聞き覚えがあったが、キャラクターの名前は初耳だった。

「アニメは見ない」

「映画にもなって社会現象を巻き起こした大ヒット作だぞ」

「おれが知らないのなら社会現象じゃない」

「違う。あんたが浮世離れしてるだけだ。刑事ならもっと世間に目を向けろ。世捨て人に俗世の人間の気持ちはわからない」

上から目線に少しカチンときた。

「拘置所暮らしの人間に言われたくない」

「拘置所暮らしの人間のほうが娑婆《しゃば》の出来事に詳しいってのが問題なんだ」

ぐうの音も出ない。

「で、その沖波メイがどうした」

「ずいぶんとおれに心酔しているようだ……いや、正確にはおれじゃない。十四年前に四人を殺したオリジナル・ストラングラーに、だな」

あくまで自分は無実だと強調する口調だった。

「おまえに手紙を寄越《よこ》すような人間は、みんなそうじゃないのか」

「そうだ。だがこの沖波メイはとくに熱心だし、危険だ」

「危険？」

「ただ憧《あこが》れているだけじゃない。おれをライバル視して、越えようとしている」

少し考えて、簑島は目を見開いた。

「人を殺そうとしているのか」

「そうだ」

明石は軽く顎《あご》を引いて肯定した。

「手紙で殺人を予告していた」

蓑島の語尾が疑問形に持ち上がる。殺人予告？　そんなわけがない。死刑囚に届いた手紙の内容については、すべて検閲される。そんな物騒な内容なら、まず明石の手もとには届かない。

「そんなものが検閲を通るはずがない」

案の定、否定された。

「なら、どうやって」

どうやって沖波メイのたくらみを知りえたのか。

「沖波メイは偽名だ。なぜ偽名を使う」

「身元を特定されたくないからだろう」

そのこと自体は不自然ではない気もするが、そうでもないらしい。

「普通の人間にとって、おれは四人を殺した死刑囚だ。そんなやつに手紙を送ったなんて、万に一つでも周囲には知られたくないかもしれない。だがそもそもそんなマトモな感覚の持ち主は、死刑囚にファンレターなんて出さない。気色の悪いことだが、ハイブリストフィリアの人間にとって、おれはヒーローでありアイドルなんだ。おれから存在を認知されたいと願っているし、あわよくば返事を期待している」

言われてみて、たしかにそうだと思った。ハイブリストフィリアにとって、殺人鬼は憧れの映画スターやアイドル歌手と同じだ。そう考えれば、偽名でファンレターを出すのは不自然ということになる。

「偽名で手紙を送ってくるやつは珍しいのか」

「知らん。今回はアニメのキャラクターと同じ名前だからすぐにわかったが、ほかの手紙の送り主が本名かどうか、いちいちたしかめない」

そっけなくかぶりを振って、明石は言った。

「何通か手紙をもらううちに気づいたんだ。沖波メイから届く手紙に記載された送り主の住所が、毎回異なっていることに。毎回違う住所で、しかも出鱈目《でたらめ》な番地が書かれていた。存在しない住所だったんだ。そこで思った。こいつはおれからの返事が欲しいのではなく、おれになにかメッセージを伝えようとしているんじゃないか……ってな」

「住所が出鱈目だと、なぜわかった」

「板橋《いたばし》区小豆沢《あずさわ》9の4eの49なんていう、アルファベットを使った番地は日本に存在しない」

それなら明らかな出鱈目だ。

つまり沖波メイを名乗る人物は、手紙の本文ではなく送り主の住所を暗号にして、明石に殺人予告をしてきた。

「メッセージの内容は」

「筆記具は持っているか」

簑島は懐からメモ帳とボールペンを取り出した。

「板橋区小豆沢９の４ｅの４９。板橋区幸町《さいわいちょう》４ｅの４ｂ。板橋区大山西町《おおやまにしちょう》４ｆ。板橋区氷川町《ひかわちょう》５２の４ｆ。板橋区大山金井町《おおやまかないちょう》５３。板橋区仲町《なかちょう》５５……以上だ」

メモ帳に素早くペンを走らせた後で、簑島は顔を上げた。

「ぜんぶ板橋区だな」

「沖波メイは板橋区在住なんだろう。ただ、この場合のメッセージにおいて、町名はそれほど関係がない。重要なのは番地だ」

９の４ｅの４９。４ｅの４ｂ。４ｆ。５２の４ｆ。５３。５５。

番地を眺めてみたが、意味がわからない。

視線を上げると、説明が返ってきた。

「これは十六進数のアスキーコードだ」

「アスキーコード？」

「パソコンなどで使用される文字コードだ。変換表を使えばすぐに解読できる」

もったいぶらずにこの場で内容を教えてくれればいいのにと思うが、明石の背後には刑務官が控えている。聞かれたくないのかもしれない。

「メッセージは変換表で解読するとして、どうすればいい」

「それはあんた次第だ。すぐに接触して犯行を未然に防ぐのか、それとも事件が起こるまで待って犯人を逮捕し、自分の手柄にするのか」

「事件が起こるまで待つなんて、そんなことできるわけがない」

「かといって未然に防いでも、あんたにはなんの得にもならない」

「損得で動いているわけじゃない」

「相変わらず青いな」

にやりと笑う明石は、どこか嬉《うれ》しそうでもあった。

「なら沖波メイの身元を特定して接触し、事件を未然に防ぐことだ。あんたには一銭の得にもならないが」

手の平の上で転がされている感は否めないが、起こるはずの犯罪を防ぎ、生命を救えるのであれば異存はない。

「このアスキーコードを解読すれば、沖波メイの身元がわかるのか」

「いいや。アスキーコードでわかるのは沖波の犯行の意思だ。身元については、これまで届いた手紙の内容からおれが人物像を推理しておいた」

プロファイリングか。以前にも同じような方法で事件を解決に導いたことがある。

「どういう人物像だ」

「犯人は中学生か、せいぜい高校一年生」

「未成年なのか」

簑島は驚きに目を見開く。

「サイコパスは後天的に作られるソシオパスとは違う」

サイコパスは生まれつきサイコパスなので、驚くようなことではないということか。

それはわかるが、十代にして死刑囚に手紙を送り、殺人を予告するなんて。

「犯罪のエリートだな」と明石が簑島の心情を代弁し、続ける。

「文面では背伸びして大人を装っているが、社会経験の乏しさや世界の狭さは隠せない。語彙《ごい》は豊富で知的レベルは高いようだが、知識の範囲が偏っている。だから十代前半からせいぜい半ばといったところか。よって中学生か、いっても高校一年ぐらい。沖波メイという偽名のもとになったアニメのコアなファン層は三、四十代なので、偽名には自らの年齢をカムフラージュする目的があった。そしてもう一つ、偽名によってカムフラージュしようとしたものがある。性別だ」

「沖波メイは男なのか」

「そうだ。残念ながら、おれはうら若き乙女に崇拝されていたわけではない」

明石がおどけたように肩をすくめる。「手紙の文面からは、マチズモ的な差別意識が滲《にじ》み出ていた。腕力で劣る女性を見下すことで、自らの優位性を確認している。もっとも、彼の怨嗟《えんさ》は女性だけでなく、社会全体に向けられている。所属するコミュニティーでの不当な扱いに怒りを覚えているんだろう。夜の闇に紛れて行動する、などという比喩《ひゆ》表現が用いられている箇所がいくつかあるが、たんなる中二病ではなく、実際に深夜に動き回ることも多いようだ。不登校か、それに近い状態に陥っている可能性が高く、昼夜逆転の生活を送っている」

「中学生から高校生の女性にたいして差別的な不登校の少年ってだけじゃ、対象が広すぎる。もっと絞り込めないのか」

「体格的には、同年代の少年と比べて小柄だろうな。女性には優位性を保てるが、同年代の少年には敵《かな》わない。貧弱な体格にコンプレックスを抱いている。そのコンプレックスを解消するため、小さな動物を虐待したりしている可能性がある。猫を殺したりとかだな。もしかしたら、そのことが原因で同級生から距離を置かれるか、いじめられるかするようになり、不登校になったのかもしれない。あとはヒントといえば、手紙に書かれていた送り主の住所だな。住所自体は番地も出鱈目で存在しないものだが、番地の前の町の名前は実在するものばかりだ。板橋区在住だろう。ただし、送り主の住所に使用された町ではない。その町と隣接した町も、候補から除外していい」

　小豆沢、幸町、大山西町、氷川町、大山金井町、仲町とそれに隣接する町以外の板橋区在住の中学生高校生で、不登校の少年。体格は小柄。動物を虐待している可能性。だいぶ絞れてきた。

「どうにかなりそうだな。調べてみよう」

「ご苦労なことだな。相手はサイコパスだ。犯行を未然に防いでも反省しないどころか、周囲から感謝されることもないぞ」

ふっ、と簑島は笑みをこぼした。

お節介なのはお互いさまだ。まったく利害のない少年の凶行を防いだところで、明石には一文の得にもならない。なのに事前に詳細なプロファイリングを行っていた。

簑島が椅子を引いて立ち上がったそのとき、明石が言った。

「それよりあんた、最近眠れているか。顔色がよくない」

図星を突かれてぎくりとする。

「余計なお世話だ」

ふんと鼻を鳴らして明石と、その隣に立つ伊武に背を向けた。

5

ほほぉっ、と感心したような声を上げ、碓井が腕組みをする。

「ヤバいっすね。これは」

望月の顔からはこころもち血の気が引いていた。

簑島は眉根を寄せたまま、テーブルの上を睨みつけている。

渋谷のアジトの資料室だった。三人の視線は、テーブルの上に置かれたＡ４のコピー用紙に向けられている。

コピー用紙にはボールペンで次のような文字が書かれていた。

9　4e　49　4e　4b　4f　52　4f　53　55

明石から聞いた住所の、番地の部分だけを書き写したものだ。それをインターネットで調べたアスキーコード対応表に照らした結果、次のような文字列が浮かび上がってきた。

9　N　I　N　K　O　R　O　S　U

――九人殺す。

「九人っていうのは、よほどだな。明石が殺したとされる人数の倍以上。相当ライバル視してるってことだよな」

碓井が鼻に皺を寄せ、簑島は頷いた。

明石によれば、沖波メイは明石に憧れると同時に、明石をライバル視し、越えようとしている。明石の犯行とされる連続殺人の被害者は四人。

「殺した人数を競い合うなんて、なに考えてるんだか」

あきれたような息を吐く碓井の横で、望月が訊いた。

「しかも中坊なんですよね」

「中学生から高校一年生。明石のプロファイリングが正しければ、だが」

慎重な言い方をしたが、これまで明石の推理が間違っていたことはない。今回もたぶん当たっている。

「ほかにはなんて言ったっけ」

碓井が顔を上げる。

「性別は男。同年代の少年に比べて体格は小柄で不登校気味、小さな動物を虐待している可能性があるそうです。板橋区在住だが、送り主の住所として記載された町と、それに隣接する町は候補から除外してかまわない、という話でした」

「相変わらず明石のやつ、とんでもないな。塀の中にいながらにして、そこまで絞り込むとは」

感心を通り越してあきれたような、碓井の口調だった。

「どう攻めますか。板橋の中学校高校で不登校の少年を調べればいいんですかね」

「不登校の実態っていうのは、なかなかつかみにくい。どこの学校かまで特定できていれば、調べようもあるが」

望月の意見に、碓井が難しい顔をする。

「動物虐待の通報をあたってみたらどうですか」

簑島の提案に、碓井は眉を上下させた。

「悪くない。近隣の警察に動物虐待の通報が寄せられているかもしれない」

「じゃあ不登校少年の洗い出しと、動物虐待の通報と、両面から調査するってことで」

望月が作業内容を確認するかのように、一人頷く。

「あとは明石のプロファイリングとも照合すれば、特定とまではいかなくとも、かなり絞り込めるだろう」

そこまで言って、碓井が簑島を見た。

「簑島さん。おれと望月とで不登校の中高生をピックアップするから、動物虐待のほうの調査を、あんたにお願いしていいか」

「わかりました」

所轄の警察署に問い合わせればすぐに教えてもらえるだろう。

打ち合わせを終え、席を立つ。

資料室を出ると、リビングルームは無人だった。

安堵する簑島とは対照的に、望月は残念そうだ。

「最近仁美さん、あんまりアジトに顔出しませんね」

「新しい男でも漁《あさ》ってるんじゃないか」

碓井は一貫して仁美の献身に懐疑的だ。

「そんなわけありません。だって仁美さんですよ」

「どういう理屈だよ。あの女だからだろう」

なあ、と同意を求められ、簑島は曖昧《あいまい》に頬を歪めた。

「このアジトだって、ベンツだって仁美さんが買ってくれたんです。明石さんへの愛情がなければ、そこまでできませんよ、普通」

　ねえ、と今度は望月から同意を求められた。

「あの女にとっちゃ、マンションもベンツも牛丼《ぎゅうどん》の並盛り弁当をおごるぐらいの感覚だろうよ。おれだって金さえあれば、おまえにベンツぐらい買ってやるさ、しかも二台」

　碓井がピースサインを望月に突きつける。望月は不服そうだったが、反論しても無駄だと思ったのか、それとも年長者を立てたのか、口を噤《つぐ》んだ。

「後妻業みたいなことやって稼いだ金で暇つぶしに死刑囚と結婚するような女だ。いつまでも明石のために金を出し続けてくれるとは思えない。そろそろ潮時じゃないか」

　さすが百戦錬磨のフリーライターだ。仁美の本質を見抜いている。

　いっぽうの望月はふてくされたように唇を尖《とが》らせた。

「そんなことはぜったいにないと思うけど、かりに仁美さんが、明石さんへの興味を失ったら、どうするんですか」

「どうもこうも、残った人間だけでできることをやるしかない。こんな馬鹿高いマンションや高級車なんて、そもそも調査に必要ないんだ」

　碓井自身が調査から手を引くつもりは毛頭なさそうだ。

　そのことに安心したのか、望月の口調も少しだけ柔らかくなる。

「でも明石さんと連絡が取りづらくなります」

　それは間違いない。仁美はいまのところ明石にとって唯一の家族だ。赤の他人である簑島たちよりも面会しやすい。調査に参加して汗をかくことはなくとも、明石との連絡役として仁美の果たす役割は小さくない。

その点は認めざるをえないようで、碓井が顔をしかめた。

「人を増やしていけばいい。別にあの女じゃなきゃできないことなんか、一個もないんだ」

「そんな簡単に言いますけど、信頼できて、なおかつプライベートの時間を割いて明石さんの調査に動いてくれる人材なんて、そうそう見つかるものじゃありませんよ」

「明石にはファンも多いみたいですが」

簑島の発言に、碓井は「そんなん駄目だ」と大きく手を振った。

「明石のファンは、四人を殺した殺人鬼・明石陽一郎のファンなんだ。明石に人を殺していて欲しい連中だぞ。そんなやつらが、明石の冤罪を成立させるために動くと思うか」

それもそうだ。

「前々から疑問に思っていたんですが、碓井さんと仁美さんのほかにも、協力者がいたことがあるんですか」

最初に会ったとき、碓井は明石と知り合ってまだ三か月だと話していた。それ以前は望月と仁美——仁美が調査に参加しないとなると、実質望月一人だけで動き回っていたことになる。

「いましたよ。ただ、なかなか居着いてくれないというか。明石さんがやめさせてしまうんです」

　困惑したような、望月の口調だった。

「明石が？」

　蓑島は目を見開いた。

「判決の確定した死刑囚を救おうっていうんだから、よほどの物好きか、変わり者か、自己顕示欲や功名心のかたまりか……ってところだよな。ちょっとでも信頼できない相手にはかかわって欲しくないっていう明石の気持ちはわからないでもない」

　碓井が苦々しげに頷き、そういえば、と望月を見た。

「あの弁護士もそうだったな」

「弁護士がついていたんですか」

だとすれば、かなり強力な味方に思えるが。

　望月が眉尻《まゆじり》を下げる。

「人権派？　っていうんですか。界隈《かいわい》ではけっこう有名な人で、何年か明石さんのために活動してくれていたんだけど」

「なのに辞めた？」

　それとも明石が辞めさせた？

「明石さんが言うには、あの弁護士はおれを救おうとするふりをしながら、実際には刑が執行されるのを待っている……と。死刑制度廃止を訴えている人だったんで、そんなことはないと思ったんですが」

「建前と本音ってやつだな。オリジナル・ストラングラーの事件をきちんと調べるほど、明石が無実だとは思えなくなる。にもかかわらず冤罪の成立のために尽力するのは、懸命な努力もむなしく刑が執行されてしまったという図式が欲しいから。そうなれば悲劇のヒーローを気取れる。わからなくもないぜ。おれだって正直、明石が無実だと完全に信じたわけじゃない」

「明石さんは無実です」と強い口調で言った後、望月が肩を落とす。

「でも碓井さんが言ったのと同じことを、明石さんは言っていました。あの弁護士はおれの無実を信じていない。自分の売名のために利用しようとしている。弁護士じゃない協力者ならそれでもかまわないが、弁護士がそうでは困るんだと」

「弁護士なら面会も比較的自由だし、各方面への働きかけも担当してもらわなきゃならない。そんな大事な役割を担う人間が心の底で刑の執行を願っているのは、明石にしてみればたまったもんじゃないだろうな」

碓井は顎をかきながら同情する口調だ。

「ええ。それで結局、明石さんのほうから拒否ったというか、二度とかかわらないで欲しいって伝えたらしいです。おれには、熱心に取り組んでくれている良い人に見えていたんですけど」

望月はいまだに納得がいっていなそうな口ぶりだ。

「おれはそれほど接しないうちに消えたから、その弁護士が腹にイチモツ抱えていたかまではわからないが、明石がそう思ったんならそうなんだろう。実際はどうか知らないが、てめえの生き死ににかかわることなんだから、てめえで決めたらいい」

碓井の言う通りだ。弁護士の選定は明石にとって自分の生死に直結する。自分が明石の立場でも、信頼できない相手には任せられない。

「簑島の旦那、誰か良い弁護士さん、紹介してくれませんか」

そう言う望月の頭を、碓井が軽く叩く。

「おまえ馬鹿か。刑事にとって良い弁護士ってのは、無能な弁護士だぞ」

「そうなんですか」

「そりゃそうさ。刑事と弁護士は利害が対立してる」

「そっか」

二人のやりとりに、簑島は苦笑した。

望月がこちらを向く。

「とにかくそんな感じです。だから、仲間になってくれて簑島の旦那には感謝しています」

「仲間、ねえ」と、碓井は少しひやかす口調だ。「仲間といえば、あの子はどうだ。カズコちゃん」

「カズコちゃん？」

望月が首をひねる。

「あの子だよ。簑島さんを小菅まで尾行した」

ああ、と望月が口を開く。

「カズコじゃなくて加奈子です。矢吹加奈子」

簑島は言った。

「そうだ。その加奈子ちゃんを、仲間に誘ってみるってのは——」

碓井が言い終える前に言葉をかぶせた。

「冗談ですよね」

思いがけず強い口調になってしまった。

「も、もちろん冗談だよ。当たり前だろう」

碓井は思いがけない簑島の剣幕におののいたようだ。

感情的になった自分を取り繕うべきか迷ったが、やめた。

「冗談だとしても不愉快です」

「ああ……すまなかった」

困惑する碓井に背を向け、簑島は歩き出した。

6

石の階段をのぼりきると、目の前に緑の絨毯《じゅうたん》が広がっていた。その向こうには荒川の水面《みなも》が、陽光を反射してきらきらと光っている。

雨が降ったせいで地面がやや濡れている。革靴だと滑りそうだ。簑島は慎重に足もとをたしかめながら堤防の斜面をくだった。

広大な緑地は整備された公園になっていて、芝生の上でレジャーシートを広げる親子や、フリスビーを投げ合う若者、ジョギングをするランナーなどが、思い思いに過ごしている。

簑島はスマートフォンを確認しながら、人の多い場所から離れていく。

板橋区舟渡《ふなど》。荒川沿いの河川敷だった。川を挟んだ対岸は埼玉県戸田《とだ》市という、東京の端っこだ。

板橋区の所轄署に勤務する同期に問い合わせたところ、脚が刃物で切断されたと思われる猫の死体が遺棄されていたという通報が、ここ一年ほどの間に五件寄せられていた。簑島が訪れているのは、そのうちの一つだった。

猫の死体が発見されたのは、広々とした河川敷の緑地の、荒川にかかる橋のたもとだった。草の絨毯の上に横たわる猫を、早朝の散歩中だった老人が発見した。左前脚が鋭利な刃物で切断されていたため、警察に通報したという。

発見現場のすぐそばには野球のグラウンドがあり、少年野球チームが練習していた。川沿いに走る堤防のランニングコースを、ランナーや自転車がひっきりなしに往来する。ひと気がないというほどではない。

だがざっと見渡したところ、照明は見当たらない。野球場にもナイター設備はないようなので、夜になれば状況は一変するはずだ。堤防沿いには大きな工場が建ち並んでおり、もっとも近い住宅とも何ブロックか離れている。

猫殺しの犯人は土地勘があると、簑島はあらためて思った。この場所が日常的な行動範囲内にあるのは間違いない。

すでにほかの四件の現場も訪ねていた。四件ともそう遠くない場所で、駅でいえば三つ程度の範囲に収まっている。

五件とも、手口は似通っている。猫を生きたまま刃物でいたぶった後、殺害、死体を放置して立ち去るというものだ。時期も接近しており、各現場同士も遠くない。同一犯の可能性はきわめて高い。

簑島は懐《ふところ》からスマートフォンを取り出し、望月に電話をかけた。

『お疲れさまです。簑島の旦那』

「首尾はどうだ」

『いまは板橋本町《いたばしほんちょう》にいます。中学校の周辺で聞き込みしてみたんですけど、なかなか難しいですね。正面切って学校を訪ねたところで怪しまれるし。だから帰宅途中の生徒を捕まえたりして聞いてるんですけど、なんか警戒されて逃げられることも多くて、そのうち警察とか呼ばれそうなんですけど』

声をかけた中学生に逃げられて途方に暮れる金髪リーゼントの男の様子を脳裏に浮かべ、簑島は小さく笑いを漏らした。

「捕まるなよ」

『おれも捕まりたくはないんですけど、職質されて走って逃げるわけにはいかないっすからね。もしなんかあったら、助けてもらっていいですか』

「無理だ。自分でなんとかしろ。おれが出ていったら面倒なことになる」

えーっ、と不服そうな声が聞こえた。

「収穫はゼロか」

『そんなことないですよ』と、声が力を取り戻す。

『ぼちぼち不登校の子どもの情報は集まってます。ただ、不登校って意外と多いんですね。一つの学校にせいぜい一人ぐらいかと思ってたんだけど、何人もいたりするみたいで』

望月には信じがたい事実のようだ。

「きみだって、ろくに学校に通ってなかったんじゃないか」

望月の明石との出会いは、十六、七年前。当時中学生だった望月は半グレの小間使いのようなことをやっている非行少年で、刑事だった明石のおかげで更生できたという話を聞いたことがある。

『そうなんすけどね。でもおれは引きこもってたわけじゃないっすよ』

「学校に通わないという意味では同じだろう。何人ぐらいの情報が集まった」

『いまのところ』確認するような間があって、答えが返ってくる。『十五……いや、六だ。十六人です。中一が三人、中二が七人、中三が四人、高一が二人。碓井さんのほうはどうかわからないけど、同じぐらいじゃないですかね』

望月と碓井は二手に分かれて聞き込みにまわっていた。

「それぞれの少年の住所はわかるか」

『いえ。まだそこまでは』

簑島は堤防をのぼり、ランニングコースに出た。

建ち並ぶ工場の隙間《すきま》から、遠くに一戸建て住宅が覗いている。

「住所がわかれば、かなり絞り込める。これまでに判明した不登校の生徒の住所まで調べてみてくれないか」

『わかりました』

「二度手間になってすまない」

『なに言ってんすか。水臭いっすよ。簑島の旦那には世話になっていますから』

「なんの世話もできてないがな」

偽らざる心境だった。明石たちが簑島の抱える事件の捜査に協力する。それと引き換えに、簑島は明石の冤罪の成立に協力する。奇妙な取り引きはしかし、いまのところ簑島ばかりが恩恵を受けている。死刑囚である明石は明日、刑が実行されて命を落とすかもしれないのに。

　だが望月はへへっと笑った。

『いいえ。簑島の旦那が味方に加わってくれて、すごく感謝してます。簑島の旦那が面会に行くようになってから、明石さんもだいぶ気持ちが安定したみたいですし』

「もともとそうだろう」

　感情がないわけではないだろうが、何度面会しても、明石から感情の揺らぎはほとんど感じられない。いつ訪れるかわからない死への恐怖すら制御する、強靱《きょうじん》な精神力の持ち主という印象だった。

が、長い付き合いの望月から見た明石の人物像は、少し異なるようだ。

『そんなことないですよ。あんな感じなんでわかりやすく感情を顕《あらわ》にすることはないけど、なんというか……生き生きした感じになりました。あ、でも、このこと、明石さんには黙っていてくださいね。余計なこと言うなって怒られちゃいますから』

「わかった」

『じゃあおれ、不登校の生徒の住所を調べてみます。碓井さんのほうにも、おれから連絡しときますんで』

「頼んだ」

　通話を終え、スマートフォンをしまった。

堤防をくだり、工場の前の道路に出る。

やはり最寄《もよ》りの住宅まで少し距離がある。さっきまでいた河原は夜になればひと気がなくなり、犯行にはおあつらえむきの環境が完成する。猫殺しの犯人が沖波メイと決まったわけではないが、猫殺しの犯人の人物像は明石のプロファイリングと一致する。

五件の猫殺しの現場は、三駅ほどのエリアに集中している。徒歩移動には少し時間がかかりそうなので、移動手段は自転車か。

こっそりと自宅を出て自転車に跨《また》がり、夜の闇に紛れて移動しながら標的の猫を探す小柄な少年の姿を思い浮かべた。

「無駄だな」

どこからか声がしてはっとした。

いつの間にか隣に伊武が並んでいる。両手をズボンのポケットに突っ込み、がに股《また》気味に歩く姿は懐かしいが、胸から腹にかけて血まみれだった。

伊武はちらりと簑島を一瞥《いちべつ》し、冷笑する。

「人間の性根は変わらない。いま犯行を止めたって、いつかやらかす。不運な犠牲者が誰になるかってだけの話だ」

無視して歩速を上げたが、相手は想像の産物だ。ぴたりとくっついて離れない。

「せめてガキが一人殺すまで待ったらどうだ。そうすりゃとっ捕まえることができるし、またしばらくは施設にぶち込んでおくことだってできる。犯行を未然に防いじまったら、またすぐやらかすぞ。改心はない」

聞こえていない。この声は本当の声ではない。自分に言い聞かせてみたが、伊武が消えることはない。

「おまえだってそう思ってるはずだ。腐った中身が元通りになるなんてことはない。腐ったやつには相応の罰を与えるしかないんだ。できるだけ長く自由を奪って閉じ込めておく。可能ならぶっ殺す。それが市民の平和につながる。だが犯行を未然に防いでしまったら、罰することができない。ましてや今回の場合、相手は未成年だ。ちょろっと補導して終わりだろう。反省も感謝もないし、事件を防げるわけでもない。防ぐんじゃなく、発生をちょっとばかり遅らせるだけだ」

「あんたがそう思ってるだけだ」

「わからないやつだな。おれはおまえだ。おまえが考えてもいない内容を口にすることはな――」

「うるさいっ！」

簑島の怒声に、近くを歩いていた中年女性がびくっと身を震わせる。彼女は怯《おび》えた顔で、足早に去っていった。

視線を戻すと、伊武は消えていた。

簑島が安堵の息をついたそのとき、懐でスマートフォンが振動した。

液晶画面で発信者を確認し、軽く心臓が跳ねる。

仁美からの音声着信だった。

「もしもし」

平静を装うつもりが、声がうわずってしまう。

『もしもし。朗くん？　いまどこにいるの』

「板橋です」

渋谷のアジトからかと思ったが、いつもと声の響き方が違う。屋外にいるようだ。

『いま明石に面会してきたところ』

ということは、小菅か。

『明石から聞いたんだけど、いま、明石に手紙を送ってきた男の子を捜索しているらしいわね。沖波メイって聞いて笑っちゃった』

仁美もその偽名の由来はすぐにわかったようだ。不本意だが、自分が浮世離れしているのは認めざるをえない。拘置所暮らしの明石のほうが、世間を知ろうと努力している。

「どうかしましたか」

『新しい手紙が届いたらしいわよ』

簑島は息を呑んだ。

「本当ですか」

『送り主の住所を、朗くんたちに伝えて欲しいと言付かってきたんだけど、いま大丈夫かしら。できるだけ早く伝えて欲しいと言われたから、電話したんだけど』

「ちょっとだけ待ってください」

スピーカーホンに切り替え、懐からバタバタと筆記具を取り出した。

「お願いします」

仁美の口にした住所をメモし、復唱した。間違いなさそうだ。

『たしかに伝えたわよ』

じゃあ、と遠のきかけた声を「あの」と引き戻した。

『なに？』

「明石は……無実だと思います」

言葉にしたのは初めてだった。

たぶん、もっと前からそう思っていた。だが、言葉にするのが怖かった。明石を憎んだ十四年間を否定することになる。だがそんな理由で間違いを認めないわけにはいかない。明石陽一郎という人物とじかに接して、さまざまな事実も明らかになり、そう考えざるをえなくなった。

明石陽一郎は無実だ。

真犯人はほかにいる。

言葉を探るような沈黙の後で、仁美が言う。

『だから明石を見捨てないで欲しい……そういう意味かしら』

ふっ、とかすかな笑みが鼓膜に届く。

『明石が本当に殺しているのか、それとも無実なのか、そんなことは私には最初から興味がない。おもしろそうだと思ったから明石と結婚して、望月くんたちの活動も支援している。私は汗をかくのが大嫌いだから、お金しか出さないけど。でもそれは、明石の無実を証明したいからじゃない。おもしろそうだからやってただけ。朗くんにもその話はしたことがあるわよね』

聞いた。興味本位で死刑囚と結婚するなんて、どういう感覚の持ち主だと思った。

だがなんだかんだ言いつつ、情や絆《きずな》も存在しているのではないかとも期待していた。

違ったのかもしれない。簑島は唇をかむ。

すると、仁美が思いがけない提案をした。

『私と寝てちょうだい』

驚きのあまり声すら出ない。

本気で言っているのか、それともからかっているだけか。

『朗くんが私と寝てくれれば、明石のもとに留《とど》まるかもしれないわよ。明石のためじゃなくて、朗くんのためにね』

「冗談ですよね」

『どうかしら。明石の妻でありながら朗くんと関係を持つのもスリリングで楽しそうだし、あと、朗くんの中にいる元カノさんのことも、汚してみたい願望がある』

「真生子を？」

『彼女、殺されたことは気の毒だけど、朗くんに内緒でデリヘルやってたのよね。なのに朗くんは彼女を想《おも》い続けている。なんかむかつくのよね。夜な夜なほかの男と抱き合っていた女に騙《だま》されていたのを認めず、無理やり思い出を美化しようとする気持ち悪い自己憐《れん》憫《びん》みたいな感情が……あ、でも、そうなると私は元カノさんじゃなく、朗くんにむかついていることになるのかな。とにかく汚したい。あなたが強引に美化し続けようとする過去とか、真実を希求するひたむきさとか、誠実さとか、偽善とか。所詮《しょせん》動物で、肉のかたまりで、どす黒い欲望をたくさん抱えてるんだって暴いてやりたい。だから私、朗くんと寝てみたらすごく楽しいだろうなって、思っている。本気かもしれないよ』

言葉のナイフでめった刺しにされた気持ちだった。あらためて仁美に指摘されずとも、自覚していることばかりだった。だが自覚することと、それを他者にたいして認めるのは大きく違う。彼女はそれを望んでいる。残忍で、非常に頭のいい女性だ。

「急ぐので」

ここで返事を避けてしまう自分の卑怯《ひきょう》さもいやになる。

『わかった。がんばってね』

通話を終え、スマートフォンの液晶画面にアスキーコードの変換表を表示させる。

十六進数のコードを文字に変換し、簑島は息を呑んだ。

今回の暗号で示されていたのは、送り主が犯行に及ぶ具体的な日付だった。

そしてその日付は、三日後だった。

7

それぞれ板橋区内で調査を行っていた望月と碓井に連絡を取り、成増《なります》駅前で落ち合うことになった。

簑島が到着すると、すでに碓井と望月は駅前で待っていた。

「蓑島の旦那、カラオケ行きましょう」

唐突な提案に面食らったが、カラオケボックスならばほかの客の耳目を気にすることなく会話できる。

三人は駅から五分ほど歩いたところにあるカラオケボックスに入った。

ワンドリンク制のドリンクを運んできた店員が立ち去ったところで、碓井が作戦会議開始とばかりに軽く膝《ひざ》を叩く。

「本当に三日後なのか」

簑島は手帳を開き、仁美から聞き取ったメッセージのメモを見せた。

望月がスマートフォンにアスキーコードの変換表を表示させ、簑島の手帳の横にスマートフォンを並べて置いた。

解読した暗号は、間違いなく三日後の日付を示していた。

手帳のメモと変換表を何度か見比べ、碓井が低い唸《うな》りを漏らした。

「聞き違いってことは、ないだろうな」

「それはありません。復唱しました」

「そうじゃなくて」と碓井が眉根を寄せる。

「あの女が、明石から聞き間違えた可能性のことを言っているのさ」

「そこまで言い出したらキリがありませんよ」

望月は困り顔だ。

碓井の仁美にたいする不信感はよほど強いらしい。

「急ぎなのはわかるが、こんな大事な用件をあの女に伝えるなんて……だがあの女に伝言させなきゃならないほど、差し迫っていたって考え方もできるな。三日後に犯行に及ぶと信じて対策を打つしかないか」

明石が仁美を通じて誰かを呼び出すことはあっても、用件を直接伝言させるのは珍しい。それほど緊急を要する事態ということだろう。

「不登校の生徒の情報は、どれぐらい集まりましたか」

簑島は訊いた。

「おれはさっきと変わらず、十六人です。増えてなくてすんません」

望月は申し訳なさそうだが、新たな不登校の生徒の割り出しから、それまでに判明していた生徒の住所特定作業に比重を移しているはずだから、人数が増えないのは致し方ない。

だがまさか、犯行が三日後に迫っているなんて。

たった三日で沖波メイの正体を特定し、犯行を未然に防ぐ。とてもできるとは思えない。だが、諦《あきら》めるわけにはいかない。諦めれば、三日後に人が死ぬ。

「おれも望月と似たようなもんだ。そっちはどうだ。猫殺しは沖波メイの仕業なのか」

「わかりません」と正直に答えた。

「明石の推理によれば、沖波メイは動物を虐待しています。猫を殺したのが十代の少年だとすれば、犯人像にピタリと当てはまる」

ふーむ、と碓井が顎に手をあてる。

「残り三日となれば、ヤマを張ったほうがいいかもしれない」

「ヤマっすか」と望月が繰り返した。

「ああ。虱潰《しらみつぶ》しにやっても効率が悪い。ましてや三日しかない中で、到底沖波メイにたどり着けると思えない。だから、あらかじめ範囲を絞り込むのさ。猫殺しの現場は、地理的に接近しているって話だったな」

「ええ。板橋区中部のおよそ二キロ圏内、駅でいうと三つぐらいの狭い範囲です」

簑島は答えた。

「ってことは、犯人はその近辺に住んでいるって考えられる」

「そう思います。人目につきにくい現場を熟知しているようでしたし、犯人にとって日常的な活動範囲と考えて間違いないでしょう」

「わかった」と望月が両手を叩く。

「その二キロ圏内に住む不登校の生徒を調べるんだ」

「そういうことだ」と微笑《ほほえ》む碓井は、正解を出した生徒を褒める教師のようだった。

「昨年発表された板橋区教育委員会の調査結果だと、区内の中学生だけで三百八十一人の不登校生がいる。男女比は公表されていないが、女性の引きこもりはせいぜい二割か三割程度といわれているから、沖波メイの候補になりえるのは、およそ三百人」

「三百人。そりゃ三日じゃ無理だ」

望月が両手を広げて降参の意を示した。

「それが猫殺しの発生した現場周辺に地域を限定することで、相当絞り込める。おそらくは十分の一か、もっと少なくなる」

そうだよな、と同意を求める視線がこちらを向いて、簑島は頷いた。

「十分の一ってことは、三十人。それぐらいならなんとかなりますかね。この近くの中学校を手分けして調べますか」

望月が興奮気味に碓井と簑島の顔を見る。

「いや」と碓井がかぶりを振った。

「まだ効率が悪い。残された時間はあと三日だぞ。学校の周辺で生徒に聞き込みしたって一人の生徒が学校全体について把握しているわけじゃないし、不審人物扱いで警察に通報されるリスクもある。かといって正面切って問い合わせたところで、まだまだ隠蔽《いんぺい》体質も根強い閉鎖的な組織だ。マイナスな情報を簡単に明かしてくれるとは思えない」

「じゃあ、どうするんですか」

望月が唇を尖らせる。

あんたはどう思う？　という感じの、ためすような視線が簑島を向いた。

「教育委員会、ですか」

「そう」碓井が人差し指を立てる。

「教育委員会には板橋区内すべての不登校の生徒の情報が集約される。もちろん、報告されていなかったり、意図的に隠蔽されたケースもあるのかもしれないが、その可能性まで考慮していたらそれこそ三日じゃ足りない」

「なるほど……教育委員会から情報を盗み出すってことですか？」

望月の言葉に、碓井は「そうじゃない。それじゃ犯罪だ」と顔をしかめた。

「ならどうするんですか」

簑島はあらためて訊いた。

碓井はローテーブルで汗をかき始めたグラスを持ち上げ、差してあるストローを使わずにアイスコーヒーを飲んだ。

それから立てた親指で自分を指差す。

「おれの本業はなんだ」

「なんですか」

本当に知らなそうな口ぶりの望月を「馬鹿野郎」と罵《ののし》った後で、碓井は言った。

「ジャーナリストだ」

「そうなんですか」

望月が目を瞬かせている。

「なんだと思ってたんだ」

「フリーライターって聞いた気がしたから。そもそもフリーライターってなにをする仕事か、わかってないんすけど」

碓井があきれた様子で肩を落とした。

碓井が明石とかかわるようになったきっかけは、碓井が雑誌に寄稿した一家惨殺事件のルポルタージュを読んだ明石が、獄中から手紙をしたためたことだった。

「とにかく、取材相手から情報を引き出すのはお手の物だ。かれこれ二十年近くそれでメシ食ってる」

「大丈夫ですか。不登校の生徒の個人情報なんて、取材に来たジャーナリストに教えるとは思えませんが」

簑島の疑問には、よくぞ訊いてくれたといわんばかりの大きな頷きが返ってきた。

「真っ正面からジャーナリストでございって取材を申し込んだところで、そりゃ欲しい情報はもらえないだろう。取材に応じるかすら怪しいものだ」

「騙すってことですか」

望月が身も蓋《ふた》もないことを言う。

「人聞きの悪いことを言うな。そもそも騙すっていうのは、騙された人間が存在しないと成立しない」

「屁理屈《へりくつ》ですよね」

望月の指摘に、碓井は背筋をのばし、自分の胸に手をあてた。

「どうだ。おれ、中学生ぐらいの子どもがいる親に見えるか」

生徒の保護者を装って、教育委員会の事務局に赴くつもりらしい。

「こんなガラの悪い父親、ヤだな」

望月の口調が本当に嫌そうで、簑島は笑った。

「うるさい。少々強面《こわもて》のほうが、ああいう公の機関での交渉では効果的なんだ。とにかく、おれに任せてくれ。必要な情報を手に入れるのに、そんなに時間はかからない」

言葉に偽りなしだった。

猫殺しの現場周辺の半径二キロ圏内に居住する不登校の中学生の個人情報を入手したと碓井から連絡があったのは、翌日夕方のことだった。

8

「出てきました」

簑島の言葉に、運転席の碓井が弾かれたように顔を上げた。目もとを手でこすりながら、フロントガラスの向こうに目を凝らす。灯《あか》りの消えた深夜二時の一戸建て家屋の前で、人影がうごめいている。

「あれがそうか」

碓井が寝ぼけた声で言う。

人影がガレージから自転車を引っ張り出していた。

簑島は懐からスマートフォンを取り出し、望月に電話をかけた。待ちかねていたらしく、即座に『お疲れです』と応答があった。

「いま出てきた。自転車で出かけるところだ」

自転車に跨がった人影は、こちらに向かってきた。路上駐車している簑島たちのベンツの横を通過し、夜の闇に溶け込むように遠ざかっていく。

「そっちに向かった」

『見えました。これから尾行開始します』

がさごそという物音が聞こえる。自転車を漕《こ》ぎ出したのだろう。通話は切らない。望月はヘッドセットを装着しているので、両手でハンドルを握ったまま通話できる。

「おれたちもぼちぼち行くか」

碓井がエンジンをかけ、ベンツを発進させた。

スマートフォンをホルダーにセットし、スピーカーホンに切り替える。

望月からの報告が聞こえてくる。

『いま自販機のある曲がり角を右に曲がりました。行き先はコンビニですかね』

「夜中二時に中二が出かける場所なんて、そんなとこぐらいしかないよな。まさか居酒屋やバーなんて入れるはずもないし」

ハンドルを操作しながら、碓井が鼻を鳴らす。

『猫を探してるんじゃ……』

望月の声がかすかに震えている。

「だったら好都合じゃないか。その場でとっ捕まえちまえばいい」

『おれがやるんですか』

「そりゃ、おまえが一番近くにいたら、おまえがやるのが一番だ」

車だと気づかれてしまうので、主な尾行は望月に任せてある。ベンツは望月からの報告を受けながら、対象からかなり距離を保って追跡していた。

『動物を殺すとかマジ勘弁して欲しいわ。おれグロいの無理なんですけど』

緊張のためか、望月はいつも以上に口数が多い。

「殺しそうになったらおまえが止めりゃいい。相手は中坊だぞ。しかも同年代より小柄」

『たしかに小柄といえば小柄ですけど』

「はっきりは見てないけど、一七〇ないぐらいじゃなかったか」

碓井が意見を求めるようにこちらを一瞥する。

「もっと小さかった。一六〇センチもなかったかと」

簑島は意見を述べた。

「おまえの身長は何センチだっけ」

碓井の投げかけた質問に『一七八です』と答えが返ってくる。

「そんだけタッパがあるのに、一六〇もない中学生にビビってどうする。どう考えても負けないだろ」

『そういう問題じゃないんですよ。だってほら、猫を虐待するんだったら、ナイフとか持ってるかもしれないじゃないですか』

「おまえが刺されたら逮捕しやすくなる」

『そんなあ……』

望月は泣きそうな声を出した。

尾行の標的の名前は、依田正登《よだまさと》。板橋区蓮根《はすね》の一戸建てに、両親と小学二年生の妹と暮らしている。同区内の中学校に通っているものの、中学一年の夏休みが明けたころから学校を休みがちになり、ほどなく不登校の状態に陥った。

依田の名前は、碓井が教育委員会から入手したリストに掲載されていた。

猫殺しの現場付近三駅、二キロ圏内に居住している不登校の生徒は、全部で五人。幸いなことに当初の予想よりはるかに少なかった。

そのうち一人は少女だったため、即座に候補から除外した。残る四人の中で二人は非行による不登校で、引きこもってはいなかった。

候補は二人に絞られた。どちらが沖波メイなのか特定は難しいかに思えたが、しばらく張り込んで観察したところ、もう一人の少年の自宅では、何匹か猫を飼育しているのがわかった。決定的だったのは、猫と戯れる少年の姿が窓越しに確認できたことだった。あれほど猫をかわいがる少年が、いっぽうで猫をいたぶって殺しているとは思えない。簑島の主張に碓井と望月が異を唱えることはなく、依田正登だけがリストに残ったのだった。

仁美の電話を受けてから、二日目の深夜。すでに日付が変わっているので、沖波メイが予告した犯行の当日になってしまった。

望月からの報告によれば、依田はとくにあてもなく町中を走り回っているようだった。簑島たちはときおり停車しながら、依田が自転車で走ったルートを確認する。そして時間を置いて、そのルートを辿《たど》った。たしかに規則性は感じられない。建物の外周をぐるりと走って同じところに戻ってきたりしている。

「大事な計画の決行を控えてそんなこたないだろうと高を括《くく》っていたが、こりゃ本当に猫を探しているのかもしれんな」

碓井がハンドルを切りながら言う。

だが簑島の見解は違った。

「下見じゃないでしょうか」

「下見？」

蓑島が視線で左を示し、碓井も同じほうを見る。

そこにはコンクリートの塀に囲まれた、白っぽい外壁の大きな建造物があった。

「学校……」

ベンツは学校の敷地の外周をぐるりとなぞっていた。これは数分前に依田が走った道のりでもある。

「変だな。やつの通う中学校はもっと遠かったはず……」

「中学じゃありません」

碓井が首をひねるうちに、ベンツは学校の正門前に差しかかった。先ほども通過した場所だ。

「小学校か」

校門の門柱に、学校名のプレートがかかっている。

それだけではない。門柱は閉じた門の左右にあり、学校のプレートがかけられたのと反対側の門柱には、白い模造紙を張った大きな立て看板がかけられていた。そこには太い毛筆で『運動会』と記されている。

「明日……いや、もう今日か、今日は運動会なんだな」

なにげなく呟いた碓井が、自らの発言の重大さに気づいたように顔色を変えた。

きき っ、とタイヤが地面を擦る音とともに、ベンツが停止する。

「依田は運動会を狙《ねら》っている……？」

「おれはそう思いました。依田には小学生の妹がいましたよね。この学校に妹が通っているんじゃないでしょうか」

「まさか。いくらなんでも妹の通っている学校で——」

「最近の学校はセキュリティーが厳しいから、関係のない学校には出入りできません」

裏を返せば、生徒の家族であれば出入りできる。

碓井のごくりと唾《つば》を飲み込む音が、はっきり聞き取れるような静けさだった。

「大量殺人か」

「断言はできませんが、いろいろとつながりますよね。沖波メイは九人殺すと予告している。沖波の計画決行予定日には、依田の妹の通う小学校で運動会が予定されている」

「ある程度間隔を空けて犯行に及ぶんじゃなくて、いっきに殺すつもりだったとは」

碓井が渋い顔になる。「どうやって殺すつもりだ。水道や弁当に毒でも混ぜるか」

「違います。おそらく刃物です」

「力業だな。依田は中学生にしても小柄な体格だぞ」

「でも小学生相手なら腕力的にも優位に立てます」

「そうは言っても、観覧の保護者だっているし、すぐに取り押さえられる」

「取り押さえられるのは覚悟しているはずです。問題は、それまでに九人を殺せるか」

なぜ簑島の口ぶりがここまで確信に満ちているのかと、碓井は訝《いぶか》ったようだった。眉根を寄せ、首をかしげる。

簑島は種明かしをした。

「九人という数字には、たんに簑島が殺した人数の倍以上という意味があったんです。大阪の小学校に男が乱入して次々と児童を殺傷した事件、ご存じですよね」

なぜその事件の話を持ち出すんだという感じで不思議そうな顔をした碓井だったが、さすがジャーナリストだけあってピンと来たようだ。

「あの事件を超えるつもりなのか」

「ええ。あの事件で生命を奪われた児童の数が、八人でした」

運動会のグラウンドに乱入した中学生が次々と小学生を刺し、九人を殺害したとなれば、それこそストラングラーのニュースすら霞《かす》むほどの話題になる。そして沖波メイこと依田は、明石陽一郎を超えて伝説の殺人鬼になる。捕まりたくないとか警察の捜査を逃れたいなどという気持ちは、いっさいないのだろう。あるのは歪みに歪んだ自己顕示欲だけだ。

『もしもし。碓井さん、簑島の旦那。聞こえますか』

望月の呼びかけには、碓井が応じた。

「どうした」

『依田のやつ、コンビニに入っていきました。カップラーメンとかを手に取ってます』

望月には申し訳ないが、もはやどうでもいい情報だった。

ベンツで依田邸の近くに戻り、依田の帰宅を待つ。

しばらくすると自転車が戻ってきた。コンビニで夜食を買い込んだらしく、出かけるときにはなかった白いナイロン袋が前籠《まえかご》に入っていた。

簑島はシートに浅く座り、気配を殺しながら、依田の様子を観察した。なで肩からずり落ちそうな大きめのブルゾンを羽織った、どこにでもいそうな少年だった。この少年がこれから九人もの生命を奪おうとたくらんでいるのか。

「どうする。いま声かけるか」

しばらく考えてから、簑島は答えた。

「いま声をかけても、しらばっくれられるだけです」

「だよな。なら明日……いや、もう今日か、今日が勝負か」

あくびを噛《か》み殺すような声だった。

自転車をガレージに入れた依田の姿が玄関に消えると、ほどなく二階の部屋の灯りが点《つ》いた。あそこが自分の部屋なのだろう。

「昼夜逆転か。うらやましいねえ。こちとら眠りたくても眠れないってのに」

エンジンを切った車内で、碓井がハンドルに身を乗り出すようにしながら暗闇に浮かび上がる窓の灯を見上げる。

後ろのほうから望月が自転車を押しながら歩み寄ってきた。

碓井が開錠し、望月が後部座席に乗り込む。

「お疲れ」「お疲れさん」

二人のねぎらいに応《こた》えるのも忘れた様子で、開口一番。

「運動会に乱入して大量殺人って、マジですか」

「あくまでおれの予想だが」

　慎重な物言いの簑島とは対照的に、碓井は断定口調だった。

「間違いない。猫殺しの現場を行動範囲にしている不登校で引きこもりの中学生。犯行予告された当日に行われる運動会。かつて大阪の小学校で発生した無差別殺傷事件での被害者数を超える九人という数字。依田は運動会に乱入して刃物を振り回すつもりだ」

「ヤバいじゃないですか。どうするんですか」

　望月が身を乗り出してくる。

「どうするもなにも、家に乗り込んでとっ捕まえるわけにもいかんだろ。家族と同居しているし、なにより、現時点でやつがなにか法を犯したわけじゃない」

　碓井は眠気を払おうとするように、軽くのびをした。

「でも、なにもしないわけにも」

　望月の視線が簑島を向く。

「やつが自宅にいる間は大丈夫だ」

　簑島は望月を落ち着かせようと、ゆっくりした口調で言った。

「なら自宅から出てきたタイミングで捕まえる？」

「中学二年生を無理やり車に連れ込んだりしたら、依田よりも先におれらが犯罪者になっちまうけどな」

　ふふっと肩を揺すった碓井が、意見を求めるように簑島を見た。

「おれが職務質問というかたちで声をかけます。依田が本当に大量殺人を目論《もくろ》んでいるのなら、おそらくは銃刀法違反に引っかかる凶器を所持している」

ふいに、ここにはいないはずの人間の声が、耳もとに聞こえた。

「それでいいのか。職質して武器を取り上げ、補導するぐらいはできる。だがそんなんじゃ、問題の解決にはならない。依田は運が悪かったと思うだけだ。明日死ぬはずの子どもは難を逃れても、近い将来別の誰かが殺される。いっそ、依田にナイフを振り回させてみたらどうだ。そこまでやれば逮捕できるし、しばらくは施設に閉じ込めておける。それだって根本的な解決にはならないが、少なくとも罰を与えることはできる」

伊武だった。

頭蓋《ずがい》に直接語りかける声を、蓑島は懸命に無視した。

そのとき、肩に手を置かれ、反射的に振り払ってしまう。

碓井が驚愕《きょうがく》の表情でこちらを見ていた。

望月も驚いたようだった。

「簑島の旦那、具合でも悪いんですか」

「いいや。大丈夫」

「とても大丈夫には見えなかったけど――」

気遣う口調の碓井に、かぶりを振って言葉をかぶせる。

「大丈夫です。すみません」

「なら、いいんだが」

碓井と望月は互いの顔を見合った。

「それでいいのか」

ふたたび伊武の声が聞こえたのかと思ってはっとしたが、それは碓井の声だった。

「なにがですか」

「なにがって……」

碓井が困惑した顔で望月を見る。

望月が言った。

「交代で休みながら朝まで見張って、依田が出てきたところで簑島さんが声をかける……っていう話をしてたんですけど」

「そうか」

伊武の声を打ち消すのに必死で、碓井と望月が話している内容がまったく耳に入っていなかった。「それでかまわない。そうしましょう」

「それじゃまずは簑島の旦那、休んでください」

望月が気遣わしげに言う。

「いいや。おれはまだ眠くないから、碓井さんどうぞ」

「いいのか？」

「ええ。かまいません」

碓井は戸惑ったようだったが、眠気のほうが勝ったようだ。「それじゃ、お先に」と腹の上で手を重ね、目を閉じた。ほどなく規則的な寝息が聞こえてくる。

「望月も休んでいいぞ」

「いや。おれは——」

「一人で考えごとしたいんだ」

言葉にこめられた拒絶の空気が伝わったのか、ほどなく望月も目を閉じた。

簑島はフロントガラス越しに依田の部屋の窓を見上げた。寝静まった住宅街で、そこだけ煌々《こうこう》と光を放っている。時刻は午前三時をまわったところだった。これから大量殺人を起こそうとしている少年。いまはなにを思って過ごしているのか。興奮か緊張か怒りか憎しみか、それとも恐怖か。彼に恐怖の感情はあるのか。恐怖を抱えながら人を傷つけ、殺《あや》めることなどできるのか。

そこに灯る窓の灯は、日が昇るまで消えることはなかった。

9

後部座席が開き、望月が車に乗り込んできた。

「碓井さん、まだ寝てるんすか」

あきれながら白いナイロン袋を探り、菓子パンと缶コーヒーを差し出してくる。

「ありがとう」

簑島は助手席で身体をひねり、朝食を受け取った。

「好みがわからないから適当に買ってきちゃったけど、それでよかったですか」

クリームパンと微糖の缶コーヒー。食にこだわりもないので、文句はない。

「おれのは？」

碓井も目覚めたようだ。目もとを擦りながら、後部座席に手をのばして食料を要求する。

「ありますよ。どうぞ」

望月が碓井の手に載せたのは、あんパンと缶コーヒーだった。

「なんであんパンなんか買ってきやがる」

「イメージです。碓井さんはクロワッサンよりあんパンって感じでしょう」

「どんなイメージだよ」

ぶつぶつと文句を言っているので、簑島は自分のパンを差し出した。

「交換しますか」

「いや。いい。甘いパンならどれも同じだ」

碓井が袋を開け、あんパンにかぶりつく。

「まだ動きはナシか」

もぐもぐと口を動かしながら訊いた。

「ええ。いまのところは」

簑島は依田邸の玄関に視線を向ける。その扉が最後に開いたのは、およそ四十五分前だった。まだ依田は出てきていない。

いまやすっかり夜は明け、陽光が街に鮮やかな色彩を与えていた。

午前九時四十五分。

午前七時ごろに妹と思われる少女が家を出ていき、午前九時前に両親と思われる四十代くらいの男女が出ていった。母親らしき女は、自宅から少し離れた場所に停車したベンツを気にする素振りを見せたものの、まさか自分の息子が見張られているとは考えもしないようで、慌ただしく小学校のほうに消えていった。

「なにやってんすかね、依田は」

望月が缶コーヒーのタブを引き起こし、首を突き出すようにして依田邸の様子をうかがう。

依田の部屋の灯りは朝まで点きっぱなしで、カーテンの合わせ目から光の筋が見えていた。周囲が明るくなったので、いまはどうかわからない。

「あんだけ夜更かししてたんだから、まだ寝てるんじゃないか。案外、寝過ごして計画中止になったりしてな」

碓井が楽観論を展開する。

「依田が沖波メイじゃないっていう可能性は？」

望月の疑問に、碓井が鼻に皺を寄せた。

「もしそうだったら手遅れだな」

「運動会はもう始まっているんだっけ」

蓑島は後部座席を振り返る。

「とっくにですよ」

望月がポケットから折り畳んだプリントを取り出した。運動会のプログラムだ。学校の近くで道に落ちていたのを拾ってきたと説明していたが、本当に「拾った」のか怪しいものだ。

プログラムには簑島も目を通していた。午前八時五十分に開会式が始まり、午後二時にすべてのプログラムが終了する。ぜんぶで五時間。午前十一時半から一時間の昼食休憩が入ることを考えれば、競技が行われる時間はそう長くない。

運動会が始まってから、もうすぐ一時間。

にもかかわらず、依田に動きはない。

「もう一度、プログラムを見せてくれないか」

簑島はプログラムを受け取り、内容を確認した。

「なにか気になることがあるのか」

隣から碓井が覗き込んでくる。

「おれが依田なら、どこで犯行に及ぶかを考えているんです」

自分が依田だったら。

たぶんこれだ。

「これですね。午前十時半の『広がれ笑顔』」

碓井と望月が顔を近づけてきた。

簑島はプログラムを指差しながら根拠を説明する。

「依田は競技中の運動場に乱入し、阿鼻叫喚《あびきょうかん》の地獄絵図を描き出そうとしています。目標は九人を殺すこと。実現できたら、たしかに日本の犯罪史上に残る凶行になる。でも、実際に依田の目的を果たせそうな種目は、そう多くない。たとえば徒競走なんかの競技種目は、大量殺人には向きません」

「そうですね」

望月がうんうんと頷き、碓井が口の中のあんパンを缶コーヒーで流し込んでから口を開く。

「あとはあれだ。中学二年にしては小柄という依田の体格を考えると、五年生や六年生は標的にしづらい。高学年になると、下手したら依田よりも身体の大きな子もいる」

「おれも同じことを考えていました。体格や腕力、あとは足の速さなどの優位性を生かすには、相手の年齢が低ければ低いほどいい」

蓑島の意見に、望月が顔をしかめる。

「マジでクソですね。でも旦那の言う通りだ。依田の立場になって考えてみれば、小さな子を狙うのは当然だ」

「誰でもよかったなんてのは、無差別殺人をするやつの常套句《じょうとうく》みたいになってるが、本当に無差別には攻撃してないんだよな。ちゃっかり自分より弱いやつを選んでいる。結局、卑怯者の言い訳にしかなってない」

　鼻に皺を寄せる碓井の発言に頷き、簑島は言った。

「ええ。ですから、さまざまな条件を考慮した結果、もっとも計画実行に適した種目が、この『広がれ笑顔』です」

「『広がれ笑顔』ってなんですか」

「最近の運動会は種目名だけ見てもなにかわからんな」

　望月と碓井が口々に言う。

「創作ダンスです。二年生が演じます」

　へえっ、とプログラムを目で追っていた碓井が、不可解そうに眉をひそめる。

「だが『広がれ笑顔』の開始まで、残り四十分を切ってるぞ。依田に動きがないのはおかしくないか」

「ギリギリに出るつもりなんですかね」

　望月が首をひねり、簑島が依田邸に目を向ける。

「それか、もう出ているか」

　一瞬、沈黙がおりた。

「あの家、出入り口は玄関だけか」

碓井が手でひさしを作りながら依田邸を見る。

「裏口とかはありませんでした」

まだ暗いうちに、望月が依田邸の周囲を歩き回って確認していた。出入り口は正面玄関のみのはずだ。

「出入り口はあそこだけってことだよな」

碓井は少し安心したようだったが、蓑島は違った。

「出入り口から出たとは限りません」

「いや。そりゃないだろ」と碓井が即座に反論する。

「出入り口以外の、たとえば窓とかから出ていったとすれば、おれたちの存在、あるいは尾行に気づいていたってことになる」

「おれは気づかれてませんよ。中坊相手にそんなヘマしませんってば……たぶん」

望月が両手を上げて潔白を主張した。

「とにかく、本当に在宅しているか確認したほうがいい」

蓑島の意見に、碓井が同意する。

「そうだな。望月、おまえちょっと見てこい」

「わかりました」

望月は車をおりて依田邸に近づいていった。

まずは正面玄関の扉の前に立ち、インターフォンの呼び出しボタンを押す。依田が引きこもりならば、普段から来客には応対しないだろう。

案の定、反応はなさそうだった。

二階の依田の部屋のあたりを見上げながら、望月が家の周囲を歩きまわり始める。正面玄関以外の出入り口を探しているようだ。

やがて死角に入った望月は、三分ほどで血相を変えて戻ってきた。

「家にはいません。逃げられました」

「家に入ったのか」

碓井が言い、望月がかぶりを振る。

「入ってないけど、裏庭に椅子が置いてあったんです」

「椅子？」

蓑島は訊き返した。

望月の説明はこうだ。

依田邸の裏側には掃き出し窓があり、庭とも呼べないほどのごく狭いスペースにつながっていた。古い家具や子どもが使わなくなったであろう三輪車など、不要品置き場になっていたようだ。だがそこに一つだけ、まったく埃《ほこり》をかぶっていない椅子が置いてあった。キッチンなどで使用されていそうな、四本脚の丸椅子だったという。そしてその丸椅子の座面には、スニーカーの足跡が残っていた。丸椅子は敷地を囲う背の高い木の塀に接していたという。

「つまり、家の中で使っていた丸椅子を持って掃き出し窓から外に出て、丸椅子を足場にして木の塀を乗り越え、隣家の敷地に移動した」

望月の説明を、碓井が要約する。

「そうです。だから依田はたぶん、もう家にはいません」

望月は息を切らしながら頷いた。

「なんてこった。おまえ、本当に尾行に気づかれてないのか」

「気づかれてませんってば。碓井さんこそ、依田に近づきすぎたとか、あったんじゃないですか」

「おれはそんなヘマしねえ」

「おれもっすよ」

「待ってください」と蓑島は言い争いに割って入った。

「いまはそんな話をしている場合じゃない。とにかく学校に向かいましょう」

「だよな」

「了解です」

望月が後部座席に乗り込んでくる。

碓井がアクセルを踏み込み、ベンツは急発進した。

10

依田の妹の通う小学校までは、車で十分もかからない距離だった。だが近くに車を止められる場所はない。学校の近くで簑島と望月がおり、碓井は駐車場を探すために走り去った。

背の高い塀の向こうから、マイクの音声と子どもたちの声援や歓声が聞こえる。それが悲鳴ではないことに、ひとまず安堵する。

さて、ここからどうやって依田を見つけるかだ。

望月と並んでゆっくりと校門に向かいながら、目をこらして様子をうかがった。

校門を入ってすぐのところに長机の受付が設置され、数人の職員がいた。会場を出入りする者は、受付で招待状を提示しなければならないようだ。

「早い時間から動いていたら、招待状ぐらいなんとか手に入れられたんですけどね」

ズボンのポケットに両手を突っ込み、望月が舌打ちをする。

「いまさら言ってもしょうがない。どうにか会場に入る方法を探そう」

「こんな壁ぐらい、余裕っすよ」

壁に飛びつこうとする素振りを見せた望月の肩を、簑島はつかんだ。

「やめておけ。誰かに見つかったら終わりだ」

ブロック塀自体はそれほど高くないが、その上に有刺鉄線が張り巡らされている。誰にも見つからずに乗り越えるのは難しい。

時刻を確認すると、すでに午前十時十分になっていた。

『広がれ笑顔』の開始まで残り二十分。

「ほかに出入り口ないんですかね」

望月がきょろきょろと周囲を見回す。

正面玄関以外にすんなり出入りできる場所があるのなら、セキュリティー的に大問題かもしれないが、小学校教師はセキュリティーのプロではない。案外、思いがけないところに穴が見つかるのではないか。

「探してみよう」

「そうっすね」

二人で校門に背を向けて歩き出したそのとき、前方の曲がり角から一人の女が現れた。

「あれ？」と、隣で望月が首を突き出し、目を細める。

矢吹加奈子だった。大田区で少女が行方不明になった事件の捜査本部でペアを組んだ、北馬込署の刑事。

「あんた、たしか……」

加奈子の全身に視線を這《は》わせた望月が、説明を求めるようにこちらを見る。簑島が呼び寄せたと思っているようだ。

簑島はかぶりを振って、加奈子に訊いた。

「なんできみがここに？」

「なに言ってるんですか」

なんでそんな質問をされるのかわからない、といった反応だった。

三人が三人とも状況がつかめず、束《つか》の間《ま》、奇妙な沈黙がおりる。

「ともかく」と、気を取り直したように加奈子が動いた。そして懐から手紙のようなものを差し出してきた。A4サイズのコピー用紙が、三つ折りに畳まれている。

簑島は内容を確認し、弾かれたように顔を上げた。

「どういうことだ」

「必要なんですよね」

「これって、ここの？」

望月が「ここ」というところで校庭のほうを見る。

「じゃなきゃ意味ないでしょう」

それは運動会の招待状だった。全部で三通あり、それぞれに違う生徒の名前が書き込まれている。偽造ではなさそうだ。

「なんできみがここにいて、しかも運動会の招待状を持っている」

返ってきたのは、気味悪そうな表情だった。

「大丈夫ですか、簑島さん」

「なにが」

加奈子は険しい目つきでしばらく簑島を見ていたが、やがて招待状を押しつけてきた。

「説明は後で。いま話をしている暇はありません」

はぐらかされたようで腹立たしいが、時間がないのは事実だ。

招待状を受け取り、校門に向かう。

「あの脂ぎったフリーライターは？」

碓井のことを言っているらしい。

「碓井さんはいま、駐車場を探しています」

答えたのは望月だった。

「そっか。駐車場がないから公共交通機関での来場をお願いしますって、招待状にも書いてあるものね。じゃあ碓井さんには外で待っていて――」

「ちょっと待って。碓井さんから」

噂《うわさ》をすればなんとやらで、電話がかかってきたようだ。望月がスマートフォンを耳にあてる。三十秒ほどの短い通話だった。

「車止められたそうです。いま歩いてこっちに向かっているって。すぐ着くって言うから、碓井さんのぶんの招待状はおれから渡しておきます」

望月とは校門の前で別れ、簑島と加奈子は受付に向かった。

招待状を差し出すと、体育教師っぽいジャージ姿の職員はまったく疑うことなく入場させてくれた。

校門を入って正面には校舎の正面玄関があり、運動場は左のほうに広がっている。さすがに人が多い。焦りのせいか、依田と背格好の近い少年を見かけるたびにドキリとする。

運動場の周囲にはいくつものテントが設置されており、保護者たちが我が子に向けてスマートフォンやカメラをかまえていた。

いまは『広がれ笑顔』の前の種目である『全力疾走』が行われているようだった。四年生が参加する徒競走だ。

「二手に分かれましょう」

「依田の顔を知っているんですか」

「知っています」

なぜだ、という疑問を呑み込んだ。

運動場の外周を簑島は時計回り、矢吹は反時計回りに動くかたちで、依田を捜索することにした。

運動場を取り囲む生徒の家族たちの人垣は、そのほとんどがグラウンドに注目しているので、顔を確認しづらい。似た背格好の少年を見つけては、さりげなく覗き込みながら進んだ。

ほどなく、グラウンドで行われていた種目が終了する。

入場口では、二年生の生徒たちが行列を作って待機していた。

心臓が早鐘を打ち始めた。時間がない。

「次は二年生による『広がれ笑顔』です」

スピーカーからアナウンスが響き渡り、生徒が入場を開始する。

まだ依田は見つからない。

いや、見つけた！

そう思って背後から肩をつかむと、振り向いたのは依田とは似ても似つかない少年だった。

「すみません。人違いです」

その少年は顔が似ていないどころか、体格も依田より一回り大きい。

焦りのあまり冷静さを失っている。落ち着け、落ち着けと、自分に言い聞かせた。

「人違いってなんだよ」

少年は恋人らしき少女と一緒だったためか、顔を歪めて突っかかってくる。

「悪い。いま急いでる」

謝ってその場を離れようとしたが、肩をつかまれた。

「待てよ。いきなり人に絡んどいてなに言ってやがる」

「だから謝った」

「謝って済む問題じゃねえ」

一刻も早く場を収めたかったが、少年の様子を見る限り、そうもいかなそうだ。

と、そのときだった。

簑島の胸ぐらをつかむ少年の背後を、キャップを目深にかぶった小柄な少年が横切っていく。

依田だった。

「待て！　そこのきみ！」

依田はちらりと簑島を一瞥し、グラウンドに向かって走り出した。たすき掛けにしたボディバッグのジッパーを開けながら、なにかを取り出そうとしている。

ナイフだ。

「おいっ！」

「待てやコラッ」

追いかけようとしたが、腕を引っ張られた。

その瞬間、身体が勝手に反応した。

「痛っ！」

簑島は少年の腕をとり、背負い投げしていた。

運動場に集中していた周囲の観客の注意が、こちらに集まる。

簑島は地面を蹴《け》った。様子を見に近寄ってくる生徒の保護者たちを何人か突き飛ばしながら、依田を追う。

運動場では子どもたちが一定の間隔を保って整列し、ポンポンを持った手を腰にあててスタンバイしていた。

その手前に依田の背中が見えた。

獣じみた叫び声を上げながら、子どもたちに向かって突進している。高々と突き上げられた右手では、ナイフの刃が太陽を反射して光っていた。とても追いつけそうにない。

「逃げろ！」

簑島は子どもたちに警告した。

が、突然の出来事に混乱していて、とっさには動き出せないようだ。

依田がナイフを振り上げ、手前にいた子どもに襲いかかる。

簑島との距離は五メートル。

届かない。

万事休すかと思ったそのとき、右側から飛び出してきた望月が、身体ごと依田にぶつかった。弾き飛ばされた依田が地面に倒れ込む。その拍子にナイフが依田の手を離れ、地面で跳ねてキンと甲高い音を立てた。

地面を這ってナイフを拾おうとする依田を追い抜いてナイフを拾ったのは、碓井だった。

11

緊急逮捕した依田を、簑島と加奈子の二人で所轄の上板橋《かみいたばし》警察署に連行した。碓井と望月についてはたまたま現場に居合わせた生徒の保護者で、依田を取り押さえた後はいつの間にか立ち去ってしまったと口裏を合わせた。

なぜ現職の警察官である簑島と加奈子が現場にいたのか、事情聴取を担当した上板橋署の刑事は不思議がっていたものの、加奈子の姪《めい》があの小学校の生徒だと説明した。簑島は加奈子に誘われ、運動会を観《み》に行ったことになっている。二人は交際していると誤解されたようだが、そのおかげで深く詮索《せんさく》されないのは好都合だった。

事情聴取は二時間ほどで終了した。別室で聴取を受けていた加奈子は、一足先に終了したらしい。一階のロビーで簑島を待っているという。

簑島はすぐに加奈子のもとに向かわず、事情聴取を担当した刑事に、依田と話をさせて欲しいと頼み込んだ。依田は素直に取り調べに応じており、犯行計画についても包み隠さず話しているようだ。

五分ほどならかまわないと面会を許可され、取調室に通された。

狭い取調室には依田のほか、取調官と記録係と思われる二人の刑事がいた。簑島が面会を取り計らってくれたことへの礼を述べると、二人の刑事はこちらこそありがとうございましたと逆に感謝された。

二人の刑事が去り、簑島と依田だけになった。

簑島は依田の対面の椅子を引いた。そこは本来、取調官が座る場所だ。

依田はどこにでもいそうな、気弱そうな少年だった。柔らかそうな髪には光の輪ができており、異様に狭い肩から細い腕がのびている。大柄な小学生だと言われれば信じてしまいそうなほど、幼い印象だった。だが瞳《ひとみ》だけは異様にぎらついていて、常人のそれとは明確に異なっている。

本当にやるつもりだったんだなと、あらためて思った。

「あんた、オリジナル・ストラングラーとつながってるのか」

先に口を開いたのは、依田だった。変声期特有のハスキーな声だ。

「おれが明石さんに出した手紙の暗号を解読したんだろう。でなきゃあの場に警察がいるわけがない」

「明石陽一郎か。残念ながら、きみの書いた手紙は明石の手もとに届いていない。刑務官に優秀な人間がいてね、検閲の結果、きみの犯行計画に気づいて通報してくれたんだ」

少年の顔に落胆が表れる。

が、気を取り直したように唇の片端を吊《つ》り上げた。

「おかしいな。さっきの刑事さんは、あんたたちがたまたまあの会場に居合わせたって話していたけど」

「すべての警察官で情報を共有すると思っているのか。刑務官からは本庁捜査一課に直接、連絡があった。だから所轄まで情報はおろしていない」

「嘘だ」

「そう思いたいなら思えばいい」

恐ろしい犯罪行為に及ぼうとしていたとはいえ、まだ少年だ。内心の動揺が如実に表情に反映される。

「ぜったいに、嘘だ」

自らに言い聞かせる口調だった。

攻守交代。今度は蓑島が質問した。

「気づいていたな。前日からマークされていたことに」

すっかり不機嫌になったらしく、返事までたっぷりと間が空いた。

「ああ」

「どうやって知った」

「手紙」

「手紙？」

依田は面倒くさそうに髪の毛をかき、話し始めた。

「コンビニのビニール袋の中から出てきたんだ。手紙といっても、小さく折り畳まれたレシートだけど」

「コンビニって、午前二時ごろに出かけたときか」

「やっぱ尾行してたんだ」依田がぎこちなく笑う。

「そうだよ。夜食を買いに出かけて、帰ってきてから袋の中を見たら、これぐらいに畳んだレシートが入ってた」

「これぐらい」のところで、依田が人差し指と親指で示した大きさは、およそ一センチといったところか。レシートを何度か畳んで小さくしたもののようだ。

「最初はゴミかと思って、すぐに捨てようとした。でも店員が客の袋にゴミを入れるなんておかしいし、なんだろうと思って広げてみたら、レシートの裏に書いてあったんだ」

「なんて?」

蓑島は唾を呑み込んだ。

「警察は気づいてる……って。まさかと思って部屋から外を見てみたら、車が止まってて、あんたと、ほかに何人か乗ってるのが見えた。うちの家を監視してるみたいだったから、手紙の内容は本当だと思った」

「だから玄関を避け、裏の掃き出し窓から脱出した?」

依田が頷く。

蓑島は目を閉じ、うつむいた。しばらくそうした後で、顔を上げる。

「誰が手紙を入れたか、心当たりは」

「ない」即答だった。

「きみのほかに客はいたか」

「いた。ちゃんと数えてたわけじゃないから正確にはわからないけど、何人かはいた。女の人がいたのは覚えてる」

そんなことより、と、依田がデスクに腕を置いて前のめりになる。

「おれの手紙、本当に明石さんは読んでないのか」

「読んでいない。殺人予告の暗号が書かれた手紙なんて、本人に届くわけがない」

「くそっ。なんなんだよ、畜生っ」

がん、と鈍い音がして、デスクが浮き上がる。依田が脚でデスクを蹴り上げたのだ。

「まあ、いいや。どうせ今回は失敗したし。明石さんの手もとに届いてたら、赤っ恥をかくところだったもんな。また一からやり直しか」

依田の言葉に、蓑島は唇を噛む。

廊下で待っていた所轄の刑事に礼を言い、取調室を後にした。

正面玄関に向かうと、ロビーに並べられた椅子から加奈子が立ち上がった。

「お疲れさまです。ずいぶん時間がかかりましたね」

「矢吹さん。依田に手紙を渡したのは、きみですか」

「手紙……ってなんですか」

あれ、と思う。

依田のレジ袋に手紙を忍ばせて蓑島たちの存在を伝えたのは、てっきり加奈子だと思っていた。

だが、女刑事の不思議そうに目を瞬かせるしぐさは、とても演技には思えない。

じっと見つめてみたが、加奈子から受ける印象は変わらなかった。嘘をついているように見えない。

「すみません。きみがやったと決めつけてしまった」

「なにをですか」

「おれたちの存在を依田に伝えた人物がいるようです」

眉根を寄せた怪訝そうな目が、蓑島をじっと見つめる。

「すまない」

もう一度謝ると、加奈子が口を開いた。

「どうして私が、依田に警察の存在を伝えるんですか。夜中に電話で叩き起こされて、招待状を入手するために走り回ってたんです。そんな余裕、ありませんよ」

「電話？」

訊き返すと、怪訝そうに目を細められた。

「蓑島さん、本当に大丈夫ですか。電話くれたじゃないですか」

しばし呆然《ぼうぜん》とした後で、スマートフォンの発信履歴を確認する。

たしかに加奈子に発信していた。だが蓑島にはその記憶がない。

まさか、伊武――？

そう思った瞬間、耳もとに伊武の囁きが聞こえる。

「感謝しろよ。おれが手を回してなければ、いまごろ何人もの罪もない子どもの生命が奪われていた」

全身が硬直する。

伊武に……行動を支配されていた？

「手紙って、なんなんですか」

加奈子の問いかけで我に返った。

「依田は夜中に自転車で買い物に出かけました。学校の下見と、コンビニでの買い物を終えて帰宅しました。そのとき望月は自転車で、おれと碓井さんは車で尾行していました。途中で依田が誰かと接触した形跡はありませんでした。ですが依田が持ち帰ったコンビニのレジ袋の中に、警察は気づいてる、というメッセージの書かれたレシートが入っていたそうです。そのメッセージでおれたちの監視に気づいた依田は、玄関を避けて裏の掃き出し窓から自宅を脱出しました」

「どうしてそれを、私がやったと？」

口調に憤りが滲んでいる。彼女にしてみれば、蓑島に頼まれたから招待状の入手に奔走したのに、裏切りを疑われたのだから当然だろう。

「本当にすまなかったと思っています」

「いいけど、どうかしたんですか。おかしいですよ」

「平気です。今回は本当にありがとうございました。助かりました」

それじゃ、と軽く手を上げて上板橋署の玄関を出た。加奈子が後ろからついてくるのは気づいていたが、あえて振り返らずに歩く速度を上げる。

するとと警察署の敷地を出たところで「蓑島さん」と呼び止められた。

「私、蓑島さんのことを調べています。依田に警察の存在を教えたのは私じゃないけど、蓑島さんを尾行したりしています」

「そうですか」

「怒らないんですか」

「怒りはしませんが、これ以上の詮索は無用です。今後は控えてください」

それだけ告げて、ふたたび背を向けた。

が、歩き出そうとする蓑島の足を、加奈子の言葉が止めた。

「頻繁に明石と面会して、いったいなにやってるんですか」

振り返ると、加奈子は意志の強そうな眼差《まなざ》しを向けていた。

「蓑島さんだけじゃない。碓井さん、望月さん、あとはモデルみたいな綺麗《きれい》な女の人が、日替わりで明石に面会に行ってますね。なにやってるんですか。なにをたくらんでいるんですか」

「知らないほうがいい。嗅《か》ぎ回るのはもうやめてください」

威圧の色を強めて警告したが、相手は引き下がらなかった。

「現役の刑事が死刑囚に、しかも自分の恋人を殺した相手に面会してるなんて、上が知ったらどう思うでしょうね」

「脅すんですか」

「脅します。真実を知るために」

加奈子は両足を地面に踏ん張るようにして仁王立ちになり、顔のパーツを中心に集めた。

第三章

1

刑務官をともなって面会室に現れた明石は、薄笑いを浮かべていた。椅子《いす》に腰をおろしながら、ふふっと愉快そうに鼻を鳴らす。

「来たぞ」

「どうだった」

蓑島は頰《ほお》を固くしながら訊《き》いた。

「いいんじゃないか。張り切ってたよ」

「その張り切り具合が心配なんだ」

「かわいらしい見た目とは裏腹に、猪突猛進《ちょとつもうしん》タイプの熱血刑事だな。人間的には信頼できそうだ。利用価値がどれだけあるかは未知数だが、仲間になりたいというなら加えてやればいい。ただ、あの手のやつは暴走しすぎるから、上手《うま》いことブレーキを踏んで操縦してやらないといけない」

ブレーキが利いてくれればいいのだが。

蓑島は頭を抱える。

アクリル板を挟んで向き合う二人の話題は、矢吹加奈子についてだった。数日前、明石に面会に行くという、加奈子からの報告を受けていた。

――以前にペアを組んだ所轄の刑事が仲間に加わりたがっている。断ればおれが定期的に死刑囚に面会していると、上司に報告すると脅された。

前回の面会時に、渋々明石に相談した。すると明石からは「そういうことだったのか」と腑《ふ》に落ちた様子だった。つい最近、矢吹加奈子という見知らぬ人物からの面会の申込があったものの、断ったらしい。勝手に面会しようとしていたと知ってぞっとした。

そして明石からは、加奈子をふたたび面会に来させるよう指示されたのだった。

「しかし、おまえには不思議なカリスマ性があるらしいな」

蓑島は言った。認めざるをえない。錦糸町署の捜査本部でペアを組んだ外山も、蓑島を通じて明石陽一郎という男に魅了され、明石の冤罪《えんざい》を証明しようと動き回った挙げ句、伊武によって消された。加奈子が首を突っ込んでくるのを嫌ったのは、あの経験があったからだ。

「おれが原因のような口ぶりだが、窓口になっているのはおまえだぞ。そのカリスマ性ってやつも、実はおまえにそなわっているのかもしれない」

「馬鹿いうな」

カリスマ性ではなくとも、なにかしらの原因が自分にあるのかもとは考える。外山、伊武、そしてかつての恋人である真生子。呪《のろ》われたかのように、自分とかかわる人間が次々と死んでいく。

「せいぜい上手く利用してやることだ。彼女には若さと行動力がある。女性であることも、ときには武器になる。なにより、おれの主張を疑っていない」

明石が無実を訴え、蓑島に協力を仰いでいること。それと引き換えに、蓑島の携わった事件の解決に明石が手を貸していること。望月や碓井、それに明石の戸籍上の妻である仁美は、明石の冤罪を証明するために協力している仲間であること。面会に行かせる前に、加奈子にはすべてを打ち明けた。最初は半信半疑だったようだが、次第に話を聞く姿勢が変わるのがわかった。実際に明石と面会してみて、その感覚は確固たるものになったようだ。ここに来る前にも「いまは別の事件の捜査本部に召集されたので身動きが取れませんが、自由になったらすぐにアジトに飛んでいきます!」というメールが届いていた。

「上手く利用するより、上手く距離を置くさ」

それが一番だ。参加している、貢献していると思わせておきつつ、適度な距離を保つ。

明石がにやりと笑う。

「そろそろ本題に移ろう」

本題はいま蓑島が捜査本部に参加している、女性殺害事件についてだった。

一週間前、渋谷区円山町のホテル街の裏路地で、若い女性の他殺体が発見された。

女性の名は鈴木《すずき》聖良《せいら》。二十一歳で都内の女子大に通う大学三年生だった。

死因は出血多量による失血死。遺体は鋭利な刃物で首を切られていた。着衣に乱れはなく、乱暴された痕跡《こんせき》はない。

被害者が通っていたのがお嬢さま学校として全国的に有名な大学であったため、マスコミは事件を大きく報じた。現場がホテル街であったことから、犯人はストラングラーだという説も一部では飛び交っているらしい。渋谷道玄坂署に設置された特別捜査本部でも、これまでのストラングラーの犯行との関連も含めて捜査すべきだという声が上がった。

そんなことはありえないと、簑島は思う。

まず手口が異なるし、被害者の容姿もストラングラーの好みではない。

ストラングラーの標的になったのは全員が風俗嬢だ。実際の容姿はバラバラだが、風俗店のホームページに掲載されたプロフィール写真はいずれも長い黒髪と色白の肌で共通しており、写真で見た印象は非常に似通っている。ストラングラーは風俗店のホームページで標的を物色しているというのが、明石の見解だった。

かたや今回の被害者は、髪の毛をうっすらと茶色く染めており、長さも肩まで届く程度のボブスタイルだった。顔立ちも、ストラングラーの被害女性たちが奥二重気味なのにたいし、ぱっちりとした二重だ。風俗店にも勤務していない。

「いちおう言っておくが、あんたがいまかかわっている事件、ストラングラーの仕業じゃないぞ」

「わかってる。一部ではそういう声もあるようだが、明らかに違う」

ふと、明石が懐かしそうに目を細める。

「そういえば、あんたが最初に訪ねてきたときに抱えてた事件も、ストラングラーの関連が疑われるものだったな」

明石が捜査に協力した最初の事件だった。警察がストラングラーの犯行と目していたのを、明石は即座に否定した。

「感傷に耽《ふけ》るのはおれが帰った後にしてくれないか。時間がない」

「あんたもだいぶ変わったと思ったが、かわいげのなさは相変わらずか」

ふん、と鼻を鳴らし、明石が話の筋を戻す。

「被害者はずいぶんとバッシングされているようだな」

被害女性は熱心にパパ活を行っていた事実が報じられていた。裕福な年上の男性と一緒に過ごし、金銭的な対価をえていたのだ。名門女子大に通うお嬢さまがパパ活を行っていたというセンセーショナルなネタにマスコミが食いつき、被害女性の自業自得と断じるような風潮も、一部には形成されつつある。

明石が顎《あご》に手をあてる。

「事件当日、被害者は横浜《よこはま》市山手《やまて》の自宅から渋谷区円山町のクラブ『ランスロット』に出かけ、午前二時過ぎに男と一緒に外に出た。男と面識はなく、クラブで意気投合しただけの相手だった。ようするにナンパされたんだな。横浜市山手といえばかなりの高級住宅街だし、通っている大学も有名なお嬢さま学校。大事に育てられた箱入りのようだが、『ランスロット』に出入りするなんて、ずいぶんとやんちゃに育ったもんだ」

「知っているのか」

「おれが捕まる何年か前にオープンした店だ。当時からナンパ箱として有名だった」

それはともかく、と、明石が事件当日の被害者の足取りをたどる。

「被害者をナンパした男によれば、一緒にクラブを出てホテルに向かおうとした。だがホテルに入る前に持ち合わせがないのに気づき、被害者を待たせてコンビニに立ち寄った。ところがＡＴＭで金をおろし、店を出てみると被害者の姿はなくなっていた」

「相変わらずよく調べてるな」

驚きとあきれが半ばだった。

「この程度の情報なら報道をチェックしていれば難なく手に入る。能動的に『調べる』必要なんてない」

心外そうに唇を曲げ、明石は続けた。

「被害者が遺体となって発見されたのは、およそ三時間後の午前五時過ぎ。裏路地で壁に背をもたせかけて座っているような姿勢で死んでいるのを牛乳配達員が発見し、通報している。となると、まず疑わしいのは被害者をナンパし、クラブから連れ出した男だ。ところが、男のアリバイは意外にもすんなりと成立する。というのも、ホテルに連れ込もうとした女に逃げられるのは、男にとって日常茶飯事だった。引っかけた女に逃げられたと思い込んだ男はすぐさま『ランスロット』に引き返し、別の女をナンパし始めている」

明石の言う通りだった。捜査本部は当初、被害女性をクラブの外に連れ出した男の身元特定に全力を挙げた。男の身元はすぐに判明した。二十五歳、ダンサー志望のフリーターだった。

事情聴取の結果、男は女が消えたと主張した。クラブに出入りする関係者の証言や防犯カメラ映像などからもアリバイが裏付けられ、男は容疑者リストから早々に消える。

「捜査が難航の兆しを見せ始めるのはそこからだ。被害女性の人間関係を洗ってみたところ、女性がパパ活を行っており、不特定多数の男と連絡を取り合い、関係を持っていたことが判明する。当然ながら、被害女性と関係のあったすべての男が容疑者になりえる。痴態あるところに痴情のもつれありだからな」

そこで明石はカウンターテーブルの上で手を重ね、アクリル板に顔を近づけた。

「だがどうやら、パパ活相手への事情聴取は芳しくないようだな」

簑島の沈黙を肯定と判断したらしく、明石は続けた。

「被害女性のパパ活相手の身元については、携帯電話の通話履歴やメールの履歴などから割り出せる。被害女性がどれだけの男と関係を結んでいたかは知らないが、メールのやりとりなどから被害女性に強い思いを抱いていそうな相手、トラブルを起こしそうな相手を順位付けし、リストを作って、上から順に事情聴取を行っていくのが正攻法にしてもっとも効率的なやり方だろう。捜査本部としても、かなりの人員をそこに投入したはずだ。だが、疑わしいはずの男たちには軒並みアリバイが成立し、空振りが続いた。もはやリストでも下のほうの、被害女性との関係が一度きりで、しかも最後に連絡を取り合ってからかなりの時間が経過したような相手しか残っていない。違うか」

違わない。

「そう思った根拠は」

「犯行時刻だ。被害者は午前二時過ぎにナンパしてきた男とクラブを出て、午前五時に遺体となって発見されている。死亡推定時刻はたしか、午前二時半から三時半までの一時間程度。ということは、犯人も当然その時間に活動していた」

「当たり前だ」

「その当たり前のことができないんだよ。パパ活で被害者と関係を持つような男は」

どういうことだ。眉をひそめる蓑島に、明石が説明する。

「被害女性は横浜山手のお嬢さまで、名門女子大に通っている。かわいそうに、マスコミやインターネットを通じて顔写真が拡散されまくっているようだが、その写真を見る限り容姿もすぐれている。つまり、かなりハイスペックな物件といえる。おれがいた風俗業界でもそうだったが、ハイスペックな女にはなにが与えられる？」

少し考えてから答えた。

「金か」

「惜しいな。結果的に金に結びつきはするんだが、おれの答えとは少し違う。ハイスペックな女に与えられるのは、選択の自由だよ。若くて容姿のすぐれた女ほど、条件や労働環境、客質の良い店を選ぶことができる。逆に若さもすぐれた容姿もない女は、選択肢が狭められる。悪条件でも受け入れるしかない。そう考えると、今回の事件の被害女性が関係を持った相手は、それなりに経済力も社会的地位もそなえている男ばかりという仮説が成立する。女側としても自分の身を守るために、そういう相手を選別するだろうしな。つまり被害女性のパパ活相手は社会的に成功し、さまざまなものを手に入れているということだ。言い換えると、失っては困るものを持っている」

明石の話の意図が見えてきた。

「どの男も、家庭を持っている」

「その通りだ」大きく頷《うなず》いてから、続ける。

「事件の発生した時間帯は、社会的地位があり、守るべき家庭もある男が、動き回れる時間帯じゃない」

たしかに被害者である鈴木聖良と関係を持ったとされる相手は、一部上場企業の経営者であったり、開業医であったりと、社会的地位の高い男ばかりだった。

「パパ活相手の中に、犯人はいないってことか」

「断言はしない。おれの話は、所詮《しょせん》手に入りうる限りの資料から導き出した仮説に過ぎない。机上の空論になる可能性だって、じゅうぶんにある。ただ、パパ活相手からとくに疑わしい人物も浮かび上がっていなそうだったから、そりゃそうだろうなと勝手に納得しただけだ」

机上の空論などといって謙遜《けんそん》しているが、明石の推理が間違っていたことは、少なくとも記憶に残る限りない。

「なら、犯人は行きずり……？」

深夜のホテル街。付近にはクラブも多く、けっして治安の良い場所とはいえない。

「それはない」と明石は即答した。

「被害者が消えた状況を考えろ。被害者はナンパ男がコンビニで現金をおろそうとした、わずかの間にいなくなっている。箱入りのお嬢さまとはいえ、被害者はパパ活でおっさんを手玉に取るような女だ。そこらの酔っ払いやら荒くれやらが強引に拉致《らち》しようとしたら、抵抗して悲鳴ぐらいは上げる」

「だとしたら、犯人は知り合いってことか」

被害者は抵抗できなかったのではなく、しなかった。

いや、する必要がなかった。

被害者は自らの意思でナンパ男の前から消えたのだ。

知り合いを見つけた、あるいは知り合いに声をかけられたから。

明石が軽く顎を引く。

「それもただの知り合いじゃない。その時間に、なんのためにその場所にいるのか、知られたくない相手だ」

「そうなると友人だとしても、普段の遊び仲間じゃないな。パパ活をしているところならともかく、ナンパ男は被害者と年齢も近く、一緒にいるところを見られたところで、そんなに気まずいこともない」

「被害女性に特定の交際相手がいれば、話は別だがな。被害女性は浮気していたことになるし、恋人や、恋人との共通の知人などには会いたくないだろう」

「被害女性に特定の交際相手はいなかった」

それは捜査で調べがついている。

「それなら、男とホテルに行こうとしていること自体を知られたくない相手ということになる。その相手の前では、男とホテルに行くような女だと思われたくない……という感じだろうか。純潔なイメージを保ちたいというか。もっとも、深夜二時過ぎにホテル街を徘《はい》徊《かい》している時点で、純潔はありえないんだが」

明石が苦笑する。

「交際には至っていないものの、好意を抱いていた相手……とか」

ナンパ男が金をおろしてくるとコンビニエンスストアに入っているときに、かねてから好意を抱いていた相手が通りかかる。どれほどの関係かはわからないが、互いの顔を見れば声をかける程度には親しいのだろう。

相手の男がこちらに気づき、近づいてくる。だがコンビニエンスストアの前で話し込んでいては、すぐにナンパ男が出てきてしまう。被害者は自分から男に歩み寄り、横に並んで歩きながらさりげなくコンビニエンスストアの前から遠ざかる。

「矛盾はない。悪くない線だ」と、明石は片眉《かたまゆ》を持ち上げた。

「あとは、それほど親しくない知人とか、か」

「大学の同級生とかか。学内に変な噂《うわさ》が広められるおそれがある」

「いい線いってると思うが、まだ違和感は残るな。だが少なくとも、ナンパ男とホテルに行くことを知られたくない相手なのは間違いない。被害者は自らその場を立ち去った。犯人は知人だ」

犯人は被害者の人間関係の中にいる。ただし、パパ活は関係ない。

「わかった。あらためて被害者の人間関係を洗い直してみよう」

蓑島が腰を浮かせようとしたとき、「待て」と声が追いかけてきた。

「一つ、頼まれて欲しいことがある」

聞き間違いだろうか。出会ってから初めてともいえる明石の殊勝な台詞《せりふ》が信じられなくて、蓑島は目を瞬《しばたた》いた。

2

明石との面会を終えてからは、殺害された鈴木聖良の人間関係に捜査の重点を置いた。

彼女の所属するコミュニティーは大きく分けて二つ。大学と、渋谷のクラブで作った遊び仲間だ。幼いころからバイオリンやバレエといった習い事をしていたようだが、それらのスクールは大学入学前後に辞めており、有名私大のインカレサークルにもいくつか籍を置いていたものの、同級生に誘われて一度参加した程度で、集まりにはほとんど参加していないようだった。

大学については蓑島、クラブの遊び仲間については碓井と望月というふうに分担し、聞き込みを行った。途中から手が空いた加奈子も捜査に参加できることになり、蓑島に加勢した。

ゼミで日常的に接している比較的親しい学生については、捜査員がすでに聞き込みを終えている。三日間聞き込みを続けても、捜査の過程で新たな事実が明らかになることはなかった。

大学での鈴木聖良は、品行方正な、むしろ遊びを知らない堅物に近いイメージを抱かれていたらしい。パパ活やクラブ通いといった報道は信じられないという反応がほとんどだった。

「聖良のことを私に訊かれてもわからないし」

岩淵《いわぶち》公美《くみ》も開口一番、そう言ったのだった。

横浜駅構内にあるカフェで、蓑島と加奈子はテーブルを挟んで彼女と向き合っている。アルバイト先のレストランに近いというので、この場所を指定されたのだった。

「聖良さんとは最近あまり連絡を取っていらっしゃらなかった？」

蓑島が言い終える前から、公美はかぶりを振っていた。

「最近どころか、大学に入ってからもほとんど連絡取ってません。そんなめちゃくちゃ親しいってわけでもなかったし」

公美は舌っ足らずな話し方で、服装もパスカルカラーを基調とした、お嬢さまっぽいというより、ロリータっぽいテイストでまとめていた。被害者の生前は知る由もないが、夜な夜なクラブに出入りしていた女性とは、住む世界が違う印象がある。

「でも、二人っきりはなくても、何人かで会うことはあったのよね」

加奈子は緊張気味の相手をリラックスさせようとしているのか、最初からやや砕けた口調を保っていた。彼女を仲間に加えることにはいまでも抵抗があるものの、若い女性相手の事情聴取に同席してくれるのは心強い。

「同じ高校出身の仲間でね。でもそういうふうに集まったときも、聖良と話し込んだりとかはしなかった」

岩淵公美は小学校から大学に至るまで、被害者と同じ学校に通っていた。高校二年生と三年生のときには、クラスも同じだったようだ。

「そのとき、集まっていた仲間の名前、教えてくれる?」

公美は軽く唇を曲げて抵抗を示したものの、何人かの同級生の名前を挙げた。

「この中でとくに親しかったのは、誰《だれ》かな」

加奈子の問いかけに、公美はえーっ、と肩を落とした。

「わからない」

「強いて言うなら」

しばらく考え込んだ後で、かぶりを振るしぐさが返ってくる。

「やっぱりわからない」

第一印象通り、かなり優柔不断な性格のようだ。加奈子も苦笑している。

だが、公美が答えを濁す理由は、それだけではないようだった。

「っていうか、あまり親しくなりようがない感じだったから。私も本当はもうちょっと仲良くなりたかったんだけど」

「どういうこと？」

加奈子は質問した後で、怪訝《けげん》そうに蓑島を見た。蓑島は肩をすくめる。

「親がめちゃめちゃ厳しい人で、放課後は毎日車で迎えにきてたんです」

「毎日？　欠かさず？」

加奈子が投げかけた二つの質問にそれぞれ頷きが返ってきた。

「だから友達同士でどこかに出かけようという話になったときでも、聖良には声かけられなかったし」

「出かけるって、泊まりの旅行とか？」

加奈子が言い、公美がかぶりを振る。

「違う。ディズニーとか池袋のナンジャタウンとか、日帰りで遊びに行くのも駄目。みなとみらいとかのめっちゃ近場にも、一緒に行ったことない」

「親が許さないから、ってこと？」

公美はアイスコーヒーのカップに口をつけながら頷く。

「どこに出かけるときだったか忘れたけど、聖良を誘って一緒に行くことになってて、聖良も親に許可してもらえるよう交渉してみるって言ってたんだけど、直前になって聖良の親からうちの親に電話がかかってきて、娘を悪い遊びに誘うなってうちの親が怒鳴りつけられちゃって」

「あなたの自宅に電話が？」

加奈子は目を丸くしている。

「そう。頭おかしいでしょう。電話を受けたうちの親からも、悪い遊びってなんだって問い詰められるし。悪くなんかないって。ただ友達同士でどこかに出かけたり、買い物したりお茶したりするだけなのに。それまで聖良を何度か誘っても断られてたのは、こういうことかって思った。あんな親いたら、怖くて逆らえない。なんで自分の娘を信用できないんだろ。あの子、パパ活とかやってたんでしょ。渋谷のクラブにも出入りしてたみたいだし。それって、高校までの反動だと思う。だから聖良よりも、本当は聖良のお母さんが悪いんだ」

「お母さん？　聖良さんに厳しかったのは、お母さんのほうなの？」

「聖良はそう言ってた。どこに行くにもなにをするにも、そこに男がいるんじゃないか、男と変なことをするんじゃないかって疑ってくるって。家庭教師とかつけたときも、最初は男の先生が来ることになってたんだけど、お母さんが連絡して女の先生に替えさせたって聞いたことがある。私と聖良が通ってたのは中高一貫の女子校だったけど、中学受験のときも共学はぜったい駄目って言われてたみたいだし、入学してからも、男の担任をつけないよう学校に注文してたみたい」

その後二十分ほど話を聞いて、店を出た。

「ちょっと普通じゃないですね」

アルバイト先に向かう岩淵公美の後ろ姿を見送りながら、加奈子が言う。普通じゃないというのはもちろん、被害者の母親のことだ。

「母親が本ボシかもしれない」

蓑島の漏らした呟《つぶや》きに、加奈子が弾《はじ》かれたようにこちらを向く。

「飛躍しますね。どういうことか説明してもらえますか」

「被害者は男がコンビニのATMで金をおろそうとしているわずかな時間に、コンビニの前から消えました。その時間に悲鳴などを聞いたという証言はないため、被害者自らの意思で消えたと考えられます。つまり、男と一緒にホテルに向かおうとしていると知られたくなかった。深夜二時過ぎという時間帯、渋谷という場所から、てっきり同年代の友人知人かと思っていましたが」

ここまでは明石との面会で導き出していた。

加奈子が興味深そうに目を見開く。

「その条件なら、母親も当てはまりますね。被害者の母親は自分の娘にたいして異常なほど潔癖を求めていた。高校までは不満を抱きつつも表面上は従順だった娘が、大学に入ったころから反発し始める。母親としてはおもしろくなかったでしょう。先ほど聞いた話の異常性から考えても、尾行したりGPS発信器を仕込むなどして行動を監視しようとしてもおかしくない」

「ええ。娘は母親の度が過ぎた束縛に反発しながらも、その異常性に恐れを抱いてもいた。その母親が突然登場する。男が被害者を残してコンビニに入ったタイミングだったのは、たまたまだったのか、母親が見計らっていたのかはわからない。ただ、娘としては、現れるはずのない場所に、現れるはずのない相手が登場したのに動揺した。だが幸いなことに、男はその場にいない。まずは母親を別の場所に誘導し、誤魔化そうとする」

これで被害者が自ら立ち去った理由については説明できる。

「母親について調べてみる価値はありそうですね」

「ええ。碓井さんと望月にも連絡してみましょう」

蓑島はスーツのジャケットからスマートフォンを取り出し、電話帳から望月の電話番号を呼び出した。

3

「母親とは盲点だったな」

　面会室に入ってきた明石は、椅子を引きながら感心したように頷いた。

　岩淵公美への事情聴取から四日が経過した。蓑島が口を開く前から明石が状況を把握しているのは、一昨日《おととい》に面会した望月が経過報告したからだ。

「まだ憶測に過ぎない」

　蓑島は言う。

「いや。望月から話を聞いたとき、目から鱗《うろこ》が落ちる思いだった。母親を本ボシと考えるなら、コンビニ前での被害者の行動には説明がつけられる」

「だが母親だぞ」

「母親だから、だろう」

　明石が軽く目を細める。

「親にとって子どもは自分が生み出した所有物だが、子どもには独立した自我と人格、人生がある。親の願うように子どもは歩んでくれない。たとえ子どもが変な遊びを覚えないように毎日学校に送り迎えして、高い月謝を払ってハイソな習い事をさせて、お嬢さま学校として有名な名門女子大に入学させた箱入り娘だとしても、だ。かけた労力や時間や愛情を、子どもがそのまま返してくれるわけじゃない。自分が注いだエネルギーのぶんだけ、裏切られたときの失望や怒りは大きい」

ここ数日、鈴木聖良の母親の身辺を調べながら考えていた。異性関係にたいして異常なほどの潔癖を娘に要求し、神経質になっていた母親。だが娘は母の願いとは裏腹に、父親と同じか、もっと年上の男たちに体を売っていた。娘の裏切りにたいする怒りが、殺意に結びついたのだろうか。

「ところで鈴木明典《あきのり》先生の優雅な暮らしはどうだった」

鈴木明典というのは、被害者の父親の名前だった。横浜市内にある総合病院の院長をしている。

「一昨日におまえが望月に披露した推理通りだ」

「家庭内別居か」

蓑島は頷いた。

「横浜市山手の自宅に帰っていないわけではない。だが生活はほぼ別だ。夫は朝食も夕食もほとんど外で済ませている。妻がスーパーで買い物する食材の量も、家族全員ぶんにしては少ない。おまけに夫は――」

明石が声をかぶせてきた。

「不倫していた」

蓑島は軽く顎を引いて肯定した。

鈴木明典の行動を調査したところ、同じ病院に勤務する女性看護師と関係を持っていることがわかった。夕食は毎日、不倫相手のアパートで摂《と》っているようだった。

「だろうな。愛情の向かう先がほかになくて一点に集約されてしまうから、娘にたいする過干渉につながる。問題は、過干渉の程度だな。話を聞く限りでは、心配性を通り越して病的ともいえる。しかも異性関係にかんする異常な執着。おそらくだが、この点が殺害行為にも関連している」

「娘が男とホテルに行こうとしていたのを知って、激昂《げきこう》したってところか」

かりに母親が真犯人だとすれば、そう考えるのが自然だ。

だが「いや。それだけじゃない」と明石はかぶりを振った。

「他人は自分を映す鏡だ」

唐突に飛び出した格言めいた言葉に、簑島は首をかしげる。

「自分の子どもにたいする親の接し方なんて、まさにそうだ。自分と同じ学校を受けさせたり、自分と同じ職業に就かせたりするのは、親にとっての自己肯定の作業だし、また逆に自分の果たせなかった夢を子どもに投影するのは、コンプレックスの表れだ。いずれにせよ、子どもへの接し方で親の生き方がわかる」

「なにが言いたい」

「被害者の母親、鈴木春菜《はるな》は娘のプライベートを極端に制限してきた。友人と遊びに出かけるのすら許さず、娘を入学させたのも女子校で、男性教師を担任につけないで欲しいと要望を出すほど、徹底して娘の人生から異性を排除してきた。その反動から娘の派手すぎる大学デビューにつながったようだが、以後も娘の人生に執拗《しつよう》に干渉しようとした。なぜそこまでする？　なぜ自分の娘を信用できない？」

「なぜって……」

たんにそういう性格じゃないのか。

「他人は自分を映す鏡なんだ」

明石が上目遣いに蓑島を見ながら、さっきと同じ台詞を繰り返す。

あっ、と思わず声を漏らした。

「自分がそうだった……？」

「そういうことだ。パートナーの浮気を極度に疑うやつは、たいてい自分が浮気している。他人を嘘《うそ》つきだと罵《ののし》るやつは、だいたい自分が嘘をついている。自分がそうだから、相手もそうじゃないかと疑い深くなる。おそらく被害者の母親は、若いころ相当遊んでたんじゃないか……いや、遊んでいたというのは少し違うな。楽しい思い出にはなっていない。深く後悔し、できればなかったことにしたいと思っている。自分の娘には同じ轍《てつ》を踏んで欲しくないという考えからの、過干渉だった。娘がちょっとでも異性と触れ合えば、すぐにふしだらな関係に至ってしまうと考えていた。だから徹底して異性を排除した。自分がそうだったからだ。不特定多数の男と関係を持つ。会ったばかりの男が相手でも、口説かれたら断れない。すぐに股《また》を開いてしまう。まあ、大学デビュー後の娘が、母親の危惧《きぐ》した通りになってしまったのは皮肉だが……」

ふっ、と小さな笑みが挟まる。

「とにかく母親は自分の過去を悔やんでいる。過去に大きな失敗をしたのかもしれない。もしかしたら家庭内別居に至った原因も、そこにあるのかもな」

「旦那《だんな》に自分の過去を知られたってことか」

「その可能性はある。結婚前のことだったら普通は問題になりようもないが、たとえば、身持ちの堅い女を演じて病院長の妻の座に収まったものの、性にたいして奔放だった過去がバレてしまった。しかもその過去というのが、若気の至りでは片付けられないほどのものだった」

若気の至りでは片付けられないほどの過ち……。

蓑島はしばらく考えてから答えた。

「風俗か」

「あるいはアダルトビデオ。何年も経《た》って発掘されてしまう確率は、ＡＶのほうが高い」

ふと考える。

生きているときに真生子が風俗で働いていることを知らされていたら——。

恋人がデリバリーヘルスで働いているなど、疑ったことすらなかった。殺人事件が起こらなければ、蓑島は気づかないままだったろう。真生子はいつか打ち明けただろうか。それとも秘密を胸に抱いたまま、蓑島と家庭を築いただろうか。結婚し、子どももできた後になって、その事実を知らされていたら、蓑島はなにを思い、どう反応しただろう。別れを選んだだろうか。だが子どもとは離れたくないと考えるかもしれない。だとすれば、被害者の父親と同じように家庭内別居を選択したのか。それ以前に、裏切りを知ったら恋人への愛情は冷めてしまっていたのだろうか。酷《ひど》い女に引っかかったと踏ん切りをつけて、前を向くことができたのだろうか。

こんこん、とアクリル板を叩《たた》く音で我に返った。

「大丈夫か」

「ああ。すまない。大丈夫だ。動機に関係があるのなら、母親の過去についても調べたほうがよさそうだ」

「本当に大丈夫か」

「珍しいな。大丈夫か、の言い方に心がこもっている」

明石から重ねて訊《たず》ねられるのも、表情から本気で心配そうなのが伝わってくるのも、初めてだった。アクリル板越しにわかるほどなのかと、蓑島は内心でショックを受ける。

「昨晩深酒したか」

「さすが元アル中。よくわかったな」

軽口で混ぜっ返したが、明石の目は真剣だった。

「〈元〉じゃない。いまもだ。たまたまアルコールが手に入らない環境だからやめられているだけだ。もっとも、現状だと死ぬまで酒を飲まずに済みそうだが」

無理やりにこしらえたような笑みが挟まる。

「目が充血している。あんた、そんなに酒強くないよな」

「おまえと酒を飲んだことはないはずだが」

「顔を見ればだいたいわかる。昨晩だけじゃない。このところ毎日飲んでる」

「ちょっと不眠気味でな」

「寝酒という程度ではなさそうだが」

疑念のこもった視線から顔を背け、「気をつけるよ」とはぐらかした。明石はなおも黙って見つめていたが、やがて息をつく。

「ところで例の件はどうなった」

「コンビニの防犯カメラ映像を見せてもらってきた。ニットキャップにだぼっとした服を着た若い男が、買い物を終えた依田のレジ袋にこっそりメモを差し入れるところが映っていた」

——一つ、頼まれて欲しいことがある。

前回の面会時、明石はそう言った。あらたまった物言いに身構えたが、依頼の内容は沖波メイこと依田正登に簑島たちの存在を伝えた人物を突き止めるため、協力して欲しいという真っ当なものだった。

依田は犯行当日の午前二時過ぎ、自転車で近所のコンビニエンスストアに出かけ、夜食を購入して帰宅した。そして自宅で袋から商品を取り出す際に、レシートを折り畳んだメモが入っているのに気づいた。メモには「警察は気づいてる」と書かれていたため、簑島たちの存在に気づき、裏の掃き出し窓から自宅を脱出したのだった。おかげで依田の身柄確保が遅れ、危うくなんの罪もない子どもたちに危害が及ぶところだった。

　依田の行動を振り返ってみても、レジ袋にメモを忍ばせられるのは、買い物を終えてコンビニエンスストアを出て、外に止めていた自転車に跨《また》がるまでの短い時間しかない。メモを忍ばせた人間はコンビニエンスストアで依田に接触しているとみて、依田が買い物に訪れた店のオーナーに防犯カメラ映像を見せて欲しいと頼んだのだった。依田の事件は大きく報じられていたため、オーナーはすんなりと要求に応じてくれた。

　映像を確認したところ、買い物を終えた依田を早足で追い抜いていく男の姿が捉《とら》えられていた。一瞬のことだった上にカメラの死角の関係もあり、はっきりと捉えられていなかったが、依田の提げたレジ袋に男がなにかを滑り込ませるような動きは確認できた。状況から考えても、メモで簑島たちの存在を伝えたのはその男とみて間違いない。

「そうか。その男の身元は？」

「わからない」

　手がかりは防犯カメラ映像だけ。それだって鮮明とは言いがたい。さらに犯行前から依田をマークしていた事実を秘匿しなければいけない状況では、おおっぴらに聞き込みにまわるわけにもいかない。身元の特定は不可能に近いと思われる。

　明石は不服そうに唇を曲げたものの、それだけだった。いつものように男の素性を推理し始めるのかと期待したが、その気配もない。

「もしかして男の身元に見当がついているのか」

「いいや。どこのどいつかも知らない」即答だった。

「女はどうだ。依田はコンビニに女がいたと話していたんだろう」

明石が質問してくる。

「いた。えらく短いスカートを穿《は》いた若い女が買い物していた。だが映像を見る限り、依田と接触しないどころか、二メートル以内に接近してもいない」

「サイコパスといっても、しょせんは思春期のガキだな。露出した姉ちゃんに目を奪われて、それしか覚えていなかったってわけか」

小さく噴き出してから、明石が言う。

「でもよかったじゃないか。矢吹が関与しているわけじゃなかった」

一瞬、言葉に詰まった。

明石が唇の端を軽く持ち上げる。

「疑っていたんだろう？」

「疑ってない。招待状を入手してくれと、おれが電話で頼んだんだ。疑う理由がない」

正確には、蓑島の中にいる伊武が、だが。

「そうか。ならいいんだが」

やや意外そうな明石に、蓑島は言葉をかぶせた。

「そんなことより問題は、ニットキャップの男の正体だ」

てっきり次なる一手を授けてくれるのかと思っていたのだが、明石は「ああ。だがそろそろ時間かな」と、背後に控える刑務官を振り返った。

「酒はほどほどにしておけ」

「おまえに言われたくない」

「おれ以上に、この言葉に説得力を持たせられるやつはこの世にいないぞ」

ブラックジョークが過ぎる。簑島は笑おうとして、ぎこちなく頬を歪《ゆが》めた。

酒浸りのせいで記憶を失い、アリバイを証明できずに人生を棒に振ろうとしている男は、椅子を引いて立ち上がった。

4

ひと気のなくなった薄暗いロビーを抜け、玄関をくぐって渋谷道玄坂署の外に出た。

時刻は午前三時をまわったところ。人通りはさすがにまばらだが、署舎を出てすぐ目の前を走る首都高の高架からは、往来する車両の走行音がひっきりなしに降り注いでいる。

スマートフォンを確認する。

望月、碓井からの経過報告メッセージが届いていた。望月は被害者の母親である鈴木春菜の行動を監視しており、碓井は鈴木春菜の過去について調べていた。両者ともにめぼしい成果はないようだ。被害者の母親について調べ始めてから二日。結果を欲しがるにはまだ早い。

歩道橋を渡って駅の横を抜け、ハチ公前広場から道玄坂に入る。

「いつまで無視する気だ。いい加減に機嫌を直せ」

誰かに肩をつかまれた気がして、弾かれたように振り返った。

見知らぬ若者がびくっと身体《からだ》を震わせ、自分の頭を手で覆った。

蓑島は無意識にこぶしを振り上げていた。

「すみません」

若者は瞳《ひとみ》に宿した感情を恐怖から怒りへと切り替え、舌打ちをして足早に去って行った。

がははは、と豪快な笑い声が聞こえる。

「笑えるな。おれに実体はない。おまえの肩をつかむのは物理的に不可能だ」

視線を正面に戻すと、伊武が満面に笑みを浮かべていた。

ちっ、と先ほどの若者より大きな舌打ちが漏れる。

「先輩にたいしてそれはないんじゃないか」

「あんたは伊武さんじゃない。伊武さんの姿をしたおれの想像の産物だ」

「そう考えることにしたわけか」

伊武が感心した様子で顎に手をあてる。

「そう考えることにしたんじゃない。そうなんだ」

強い口調で断言した。伊武にではなく、自分に言い聞かせていた。

ふむ、としばらく考える顔をした後で、伊武が言う。

「そのわりに制御できていないようだが、大丈夫か」

「そう思うなら消えてくれ」

最初は数日に一度、ときおり、という程度だった伊武の登場頻度は、時を経るにつれて確実に増し、その存在感も強くなっていた。声が聞こえないときでも、視界の端につねに気配を感じている。

このところ続く不眠の原因は、伊武だった。

道玄坂署では捜査本部に参加した本庁の捜査員のために柔道場を開放し、寝具を用意してくれている。簑島も夜の捜査会議に参加した後、多めに酒を飲んで床についてみたのだが、数時間で目が覚めてしまった。

「そんな寂しいことを言うなよ。おれとおまえの仲じゃないか。おまえ、おれを死なせてしまったことを後悔してたよな」

ふいに過去がフラッシュバックする。

叩きつけるような雨の上野公園。遠巻きにする傘の花の中心にいるのは、簑島と伊武だ。簑島は地面に仰向《あおむ》けに倒れた伊武の胸に自分のジャケットを押しつけ、懸命に止血をこころみている。だが血は止まらず、濡《ぬ》れた地面に広がるどす黒い血だまりは、じわじわと広がっていく。

――っ、だ……や、つだ……。

やつだ、やつだ。

それが生前最後の、伊武の肉声だった。

ぎゅっ、と目を閉じて意識を現実に引き戻す。

そこには血まみれの伊武が立っている。口角を吊《つ》り上げ、笑みを湛《たた》えていた。

やはり本物の伊武ではないと、自分に言い聞かせる。人と目が合ったときに笑顔で愛嬌《あいきょう》を振りまくような人ではなかった。

「そりゃ本物じゃないさ」と、思考を読まれた。

「おれはおまえの脳みそが作り出した伊武だ。実体はないが実在はしている」

「犯人を教えてくれ。あんたを撃ったのは誰だ」

「話の通じないやつだな。おれはおまえの一部だって言ってるだろうが。おまえが知らないことは、おれには知りようがない。おれにわかるのは、おまえの頭がおかしくなってるってことだけだ」

「おかしくない。おまえが消えれば済む話だ」

「おれを消すことすらできないのなら、とてもまともとは言えない。だいたいおまえ、未明に署を抜け出してどこに向かっている」

鈴木聖良が殺害された現場だ、と答えようとして、自分がまったく違う場所に立っているのに気づいた。

「ここは……」どこだ。

ラブホテルに交じってライブハウスやクラブの建ち並ぶ円山町の目抜き通り・ランブリングストリートから少し入った場所に建つ、レンガ造りを模した外壁の雑居ビル。左右をホテルに挟まれたそのビルの一階、色のついたガラス越しに、シェイカーを振るバーテンダーの姿が見える。

にわかに息苦しくなる。簑島は自分のシャツの胸のあたりをぎゅっとつかんだ。

そこは恋人の真生子が殺された場所だった。雑居ビルは五年前にできたもので、そこにはかつて『ホテル万年』というラブホテルが存在した。休憩料金二八〇〇円という、渋谷とは思えない価格設定の安宿で、真生子は殺された。苦しさに意識を失いかけるたびに首を絞める力を緩めて弄《もてあそ》ばれ、心停止した後に蘇生《そせい》措置を施されたらしく、遺体のあばら骨が折れていた。簑島は警察からの電話で、恋人の死と、恋人が風俗で働いていた事実を同時に知らされた。世界が一変した瞬間だった。

「そろそろ前に進め。いつまでここに留《とど》まっているつもりだ。犯人は捕まり、死刑判決も確定した」

隣に立った伊武が、雑居ビルの外観を眺めながら言う。

「まだ終わっちゃいない。あんたが明石を犯人に仕立てたことで、ここまで長引いた」

「おれはガサ入れのお膳立《ぜんだ》てをしただけだ。明石を犯人に仕立てようとしたわけじゃない。やつのアパートから凶器のロープが見つかったのは事実だ」

「あんたの作為が働いていたのなら、ガサ入れの時期だって事前に知りえた。ならば本ボシが明石のアパートに忍び込み、凶器を仕込んでおくことも可能だった」

伊武が死ぬ前にも行われた押し問答だった。

だがその後が違う。

なにしろ、と簑島は身体ごと伊武に正対した。

「本ボシは警察内部にいるんだ」

確信があった。

上野公園で会ったとき、伊武は登山用ナイフを隠し持っていた。外山殺しに気づいた簑島の口を封じるためだ。だとすれば警視庁本部を出る際、伊武が誰かに行き先を教えることはない。明石との面会を終えて小菅から上野に向かった簑島も、第三者に所在や目的地を報告していなかった。

伊武銃撃犯はおそらく、警視庁本部から伊武を尾行していたと考えられる。

つまり犯人は警察官——。

「悪いことは言わない。おまえ、少し休め。身内を疑うなんてどうかしている」

「あんたが見える時点で、どうかしているという指摘は否定しない。だが、あんたを撃ったやつが身内にいるという見方を曲げる気はない」

ストラングラーは明石の模倣犯ではない。かつて明石を人身御供《ひとみごくう》にして自らは逮捕を逃れ、十四年ぶりに活動を再開した。

ストラングラーこそが、十四年前の連続殺人の真犯人だ。

「いい加減にしろ。このままじゃ本当におかしくなっちまうぞ。いつまで過去に囚《とら》われている。そのせいで現実が歪んで見えるんだ」

「違う」そう考えたことも、ないわけではない。だが結論ありきで現実が歪んで見えていたのは、むしろ冤罪の可能性を考え始める前だ。怒りに目が曇って、憎む相手が欲しくて、公判で一貫して無実だと言い続けた明石の主張が事実である可能性を考えもしなかった。

そのとき「朗くん？」と背後から女性の声が聞こえた。

振り返ってみて、心臓が止まりそうになる。

そこには、十四年前に殺されたはずの真生子が立っていた。

5

「私って、そんなに似てるんだ。亡くなった朗くんの恋人に」

キッチンから出てきた仁美は、両手に一本ずつ缶ビールを持っていた。そのうちの一本を、ソファで所在なげに身体を動かしている簑島に差し出す。「直飲《じかの》みで大丈夫だった？グラスとか持って来ようか」「いいえ。平気です」という会話の後で、簑島は答えた。

「似てません、まったく」

「似てないの？」

タブを引き起こしながら、仁美が笑う。「なのに私を真生子さんと見間違えたんだ」と、缶に口をつけた。簑島も缶を開けて、ビールを口に含む。

「仁美さんと真生子は似ても似つきません。真生子はどこにでもいる普通の大学生でした。仁美さんみたいに人目を引く容姿じゃなかった。顔も地味だったし、背も仁美さんに比べたらだいぶ低かった」

「なら、なんで見間違えたの」

簑島は缶をかたむけてごくごくと喉《のど》を鳴らし、そのままの勢いで言う。

「不思議です。外見はまったく似ていないのに、最初に会ったときにも、おれは仁美さんを真生子と見間違えてドキッとした」

「そうだったんだ。最初に会ったときって、ここでよね」

仁美は缶の飲み口についた口紅を指で拭《ぬぐ》い、広々としたリビングルームを見回した。

簑島と仁美はL字形のソファで斜めに向き合っている。

殺されたはずの真生子が現れたと思ったときには、いよいよ頭がおかしくなったと思ったが、それは仁美だった。渋谷で一人で飲んでいて、自宅に帰るのが億劫《おっくう》になったのでアジトに泊まろうと考えたと、彼女は言った。真生子殺害現場とアジトは目と鼻の先で、渋谷駅方面から道玄坂をのぼってアジトに向かおうとすれば、あの場所を通過するのは不自然ではない。

「そうです」

鮮烈な印象が残っている。

望月に連れられて初めてここを訪ねた日で、そのときが碓井とも初対面だった。あれから半年ほどしか経っていないのに、すでに懐かしく感じられるのは、自分を取り巻く事情が激変したからだろうか。

「ぜんぜん知らなかった。言ってくれればよかったのに」

言えるはずがない。初対面の女性にたいして昔の恋人に似ているなんて、口説いているみたいだ。

あらためて仁美と向き合うと、やはり似ていない。なのにふとした瞬間に、仁美に亡き恋人の面影を見てしまうのはなぜだろう。

「それにしても、こんな時間にあそこでなにをしていたの」

仁美が手首を裏返し、ブレスレット型の時計を見る。すでに午前四時近い。ぼんやりとした眠気が貼《は》りついており、頭の芯《しん》が鈍く痛むが、おそらく眠れはしない。

「別に。眠れなくてぶらぶらしていただけです」

仁美に声をかけられた瞬間に、伊武は消えた。だがどうせまた現れる。それだけは確信があった。諦《あきら》めと言い換えていいかもしれない。

「不眠症？」

仁美は含みのある上目遣いで脚を組み替えた。ひらひらした素材のジプシースカートが無防備にまくれ上がり、真っ白な膝頭《ひざがしら》を覗《のぞ》かせる。

「病名がつくかはわかりませんが、不眠気味ではあります」

「朝から晩まで働いてくたくたになっているはずなのに、眠れないからって午前三時過ぎに街をぶらつくような人には、確実に病名がつくと思うけど」

簑島は自嘲《じちょう》気味の笑みを漏らした。心療内科を受診してありのままを話したとしたら、医者が下す診断はただの不眠症じゃないはずだ。

「眠れない人って、オキシトシンが上手く分泌されていないんだって」

「オキシトシン……ですか」

「うん。不安とかストレスを和らげてくれる神経物質。『幸せホルモン』とか『愛情ホルモン』とも呼ばれているの。それがたくさん分泌されることで、精神安定の効果があるセロトニンが放出されやすくなって、緊張がほぐれて眠れるようになる」

「詳しいんですね」

まあ、いろいろとね、と仁美は意味深な笑みを見せた。

「どうやったらオキシトシンが分泌されやすくなるか、知りたい？」

ふたたび脚を組み替えるタイミングで、仁美は身体を前傾させて顔を寄せてきた。ジプシースカートはさらにまくれ上がり、太腿《ふともも》まで露出している。

「なんですか」

「セックス」

仁美はそう言って無邪気に笑い、缶をローテーブルにことりと置いた。

「セックスによる射精やオルガスムスで、オキシトシンの放出量が増えるんだって」

柔らかく、あたたかい唇の感触がよみがえり、顔が熱くなる。

以前、この場所で仁美から口づけされたことがある。あの口づけにどういう意味があったのか、いまだにわからない。仁美は碓井や望月の目がある場所でも簑島に色目を使うような言動を取るが、それ以上踏み込んでくることもなかった。

仁美が手をのばしてくる。

その指先が膝に触れ、簑島は全身に電流が走ったように身を震わせた。

大丈夫、大丈夫と怯《おび》える動物をなだめるような手つきで、簑島の膝を、白く細い指が包み込む。

「私も不眠気味なの」

吐息を孕《はら》んだ仁美の声と、早鐘を打つ心臓の音が同じぐらいの音量で、簑島の鼓膜を揺らしていた。

「本当にオキシトシンが分泌されるか、ためしてみる？」

かすかにアルコールの匂《にお》いの混じった呼気が顔にかかる。

「酔ってますね」

「酔ってても私は私」

小声で囁《ささや》かれた。

「それなら」と、簑島はいったん深呼吸をしてから顔を上げ、仁美の潤んだ目を見つめ返す。

「一つ、質問させてください」

「なに？」

「沖波メイにおれたちの存在を知らせたのは、仁美さんですか」

仁美が息を詰めたのがわかった。

「どうしてそう思うの」

「仁美さんならそれができるからです。おれたちの動きを知っていたし、他人を手足のように動かす魅力、あるいは経済力も持ち合わせている」

依田のレジ袋にメモを忍ばせたニットキャップの男はおそらく、仁美の指示で動いていた。あれくらいならある程度の金か、自身の肉体を餌《えさ》にすれば、言うことを聞いてくれる人間もいるだろう。

「それだけの根拠で私を疑うの」

わずかに顎を突き出し、見下ろすような目つきになった仁美は、この状況を楽しんでいるようだった。

「あとは明石の態度です」

「明石の？」

「明石はおれに、沖波メイが買い物に行ったコンビニの防犯カメラ映像を調べて欲しいと頼んできました。防犯カメラには、ニットキャップの若い男が買い物を終えた沖波メイのレジ袋になにかを滑り込ませるような動きが捉えられていました。まったく見知らぬ男でした。碓井さんや望月にも映像を見てもらいましたが、二人とも知らないそうです」

「碓井さんや望月くんが嘘をついている可能性があるじゃない」

「あの二人は嘘をつかない、少なくともおれには」

さらりとそんな台詞がこぼれたことに、自分でも驚いた。

仁美は鼻白《はなじろ》んだように唇を曲げる。

「あの二人は嘘をつかないけど、私は嘘をつくんだ」

「当然ながら、明石は映像を見ていません。プリントアウトを差し入れたりもしていません。でもおれたちの見知らぬ男が関与していたのなら、いつもの明石なら、そいつがどういう素性なのか、推理したはずです。その場で答えを出すまではいかなくとも、答えを導こうとする。それがおれの知っている明石です。今回はそれがなかった」

——でもよかったじゃないか。矢吹が関与しているわけじゃなかった。

男の素性については見当もついてないのに、明石はそう言って話題を切り上げた。

簑島から遠ざかるように身を引いた仁美が、ソファの背もたれに体重を預ける。

逆に簑島が前のめりになった。

「実行犯の素性はともかく、明石には黒幕が誰かわかっていた。でもそれをおれに明かさなかった。どうしてだかわかりますか」

「どうしてかしら」

仁美がローテーブルに置いた缶を手に取り、口に運ぶ。

「仁美さんに情が移っているからだと思います」

「朗くん」仁美が諭す口調になる。

「私たちは獄中結婚なのよ。身体の関係どころか、手を握ったことすらない」

「知っています。だからいわゆる恋人や夫婦の間に存在する愛情とは違う。でも明石はあなたを責めたり、罰したくないと考えている。かたちだけでも夫婦として寄り添ってくれたことへの感謝かもしれないし、危なっかしい仁美さんの言動に触れるうちに保護者のような気持ちになったのかもしれない。とにかくそこには好意と、なんらかの情が介在している」

しばらく簑島を見つめていた仁美が、長い息を吐きながら肩をすとんと落とす。

「それがつまんないのよ」

意外な言葉に、簑島は眉根を寄せた。

仁美は缶を手に取り、ぐいっと呷《あお》った。

「私たちの出会いについては、知ってるわよね」

「週刊誌に掲載された明石の獄中手記を読んで、仁美さんから手紙を書いたと聞きました」

「そう。手紙を出して、面会に行って、面会室で私からプロポーズした」

仁美から求婚したのは初耳だった。

「プロポーズしたといっても、好意を抱いたわけじゃない。明石はイケメンだし、ほとんどの女にとって魅力的に映るかもしれないけど、私、あんまりそういうのがわからないの。人を好きになるっていう気持ち？　好きになったことがないから。だからお金を持っている男と結婚して、離婚しては財産をぶん獲《ど》って……そういうことを繰り返してた」

その話は碓井から聞いたことがある。事実だったらしい。

「それならどうしてプロポーズしたんですか」

「それは前にも話したわよね。退屈しのぎ」

あっさりと明言し、仁美は続ける。

「お金なら腐るほどあったし、欲しいものはなんでも手に入るようになった。でも、思ってたほど満たされなかったのよね。だから、私が欲しいのはお金で手に入るものじゃないと考えるようになった。私が欲しいのは物じゃなくて、感情だと気づいた。ただそれは愛じゃない。もっとぞくぞくするような経験がしたかった。コンビニに並んでいた週刊誌の表紙に、明石の名前を見つけたのは、そんなときだった。事件当時、私はまだ中学生だったけど、四人の女を殺した明石陽一郎の名前はうっすらと記憶の片隅にあった。だから興味を持って読んでみたの。そしたら、明石は手記の中で無実を訴えていた。どんな面の皮だと思ったし、屑《くず》だと思った。だから会いに行った。そして結婚した」

不可解な話の展開に、簑島は首をひねった。

「意味がわからないのですが」

「自分の人生で遭遇したことのない屑が相手なら、新しい経験ができるかもしれないと思ったの。だって、四人を殺した罪で起訴されて、死刑も確定しているっていうのに、なお自分は生にしがみついているような男なのよ。興味あるじゃない。だから私から求婚した。当時は望月くんのほかに何人かの協力者がいたけど、戸籍上の家族のほうが面会しやすいじゃない。だから、妻になって外の世界との連絡役を担ってあげましょうか……って」

仁美の話が事実ならば、恋愛ではなく取引だし、仁美は簑島の無実を信じていないように思える。もっとも、その点についてはかねてから懐疑的な態度をときおり覗かせていたので、意外でもない。

「でも面会を繰り返すうちに、明石陽一郎という人間が、私が思い描いていた冷徹無比なサイコパスというわけでもないって、だんだんわかってきちゃった。普通なのよ、あの人。自分を保つために仮面をかぶって鎧《よろい》を身にまとっているけど、本当はすごく繊細で、感情が豊かなのよね。なんか違うなーって、思うじゃない」

同意を求められても到底頷けない。冷徹無比だと思っていた相手が垣間見《かいまみ》せるあたたかな人間性。普通ならば魅力と捉えそうなものだが、仁美には逆だったようだ。

「明石への興味が薄れることと、沖波メイにおれたちの存在を伝えることが結びつかないのですが」

「だから、ぞくぞくしたかったって言ったじゃない。退屈しのぎ」

あっけらかんとした口調に、全身から力が抜けそうになる。

「退屈しのぎで人を死なせようとしたのか」

爆発しそうな感情を懸命に呑《の》み込みながら、低い声で言う。

「人を死なせようと思ったわけじゃない。人が死ぬかもしれないっていう状況を作って、スリルを味わいたかっただけ。確実に人を死なせたかったのなら、もっと簡単な方法がたくさんある。実際に人が死ぬことはなかったわけだし、沖波メイを逮捕することもできてよかっ……」

仁美の言葉が途切れたのは、立ち上がった簑島に頬を平手打ちされたからだった。

「人が死ななかったのは結果論に過ぎない。あなたの退屈しのぎで他人の生命を弄ぶな」

赤くなった頬に手をあてながら、仁美がこちらに視線を戻す。

意外にもその眼《め》には、なんの感情も浮かんでいなかった。

明石がそうなのだと思っていたが、違う。

この女こそが冷徹無比なサイコパスなのだと、簑島は気づいた。

6

鈴木春菜は立ち止まり、目を細めて遠くを見た。

横浜駅前の百貨店と提携した立体駐車場は、平日の日中ということもあり、駐車スペースにはかなりの余裕がある。春菜のプリウスの両隣にも、車は止まっていない。

ならばあの男は誰だ。

髪の毛をべったりと後ろに撫《な》でつけ、派手な柄の開襟シャツを着た中年の男が、プリウスのそばに立っている。勤め人とは明らかに異なる、やさぐれた雰囲気だ。しかも男は、禁煙のはずの立体駐車場で煙草《たばこ》をふかしていた。

春菜はしばらく男を遠くから観察した。いったいなにをしているのだろう。もしかして自分に用か。そんなはずはない。たまたまあの場所で煙草を吸っているだけだろう。

そう自分に言い聞かせ、ふたたび歩き出したとたん、男がこちらに顔を向けた。じっと観察するような間を置いた後で、「鈴木さん？　鈴木、春菜さん？」と確認してきた。

懐から取り出した携帯灰皿に、男が煙草をねじ込む。

春菜は早足で男を避《よ》け、プリウスの運転席にまわり込んだ。

「誰ですか」

「私、こういうものです」

追いかけてきた男が、人差し指と中指で挟んだ名刺を差し出してきた。鼻をつく煙草の臭《にお》いに顔を歪めながら、春菜は名刺を受け取った。

「フリーライター？」

名刺にはそう書いてある。

フリーライター、碓井和章、あとは電話番号とメールアドレス。

「ええ。娘さんの事件を調べています」

「マスコミ？」

「いちおう。端くれですけどね、ジャーナリストの」

鼻の下を指で擦《こす》るしぐさが、やけに得意げだ。

「少しお話をうかがえますか」

「お断りします」

その反応が意外だとでも言わんばかりに、碓井は目を瞬かせた。

「こんなところまで追いかけてくるなんて、非常識だと思わないんですか」

正直なところ、カメラやマイクを向けられるのは嫌いではない。二週間前の事件発生当初は、自宅に押しかけてきたマスコミ全社に丁寧に応対した。夫は良い顔をしなかったが、ならば自宅前に陣取った取材陣をあなたが追い払ってくれるのかと反論したら、それ以上文句を言わなくなった。その結果、顔を隠し、音声を加工した春菜の映像が、一時期全国ネットで頻繁に流れることとなった。春菜としてはむしろ無修正の顔出し映像をそのまま流して欲しいぐらいだが、殺人事件被害者の肉親がそんな要求をできるわけないし、なにより春菜自身が顔出しできない事情を抱えている。

春菜のもとにはテレビ局、新聞社、雑誌などマスコミ関係者の名刺が大量に集まった。それも誰もが知るような会社、媒体ばかりだ。寝室のベッドサイドに積み上げた名刺の山の高さを確認し、春菜はしばしばうっとりと悦に入る。

だがいま目の前にいるのは、どこにも所属していない、うだつの上がらなそうなフリーライターだ。無名のライターが大手を出し抜いて独占インタビューで売名でも狙《ねら》ったか。残念ながら私はそんなに安くない。出先まで追いかけてきて煙草を吸いながら待ち伏せする無礼さも気に食わない。

「非常識なのは承知していますが、ほかに話を聞かれちゃまずいかなと思いまして、こんなところまでやってきた次第でして」

あなたのためを思ってのことです、と言わんばかりの上から目線にカチンときた。

「私は忙しいんです」

「そうですか。昼間っから着飾って高級ブランドショップでお買い物してるぐらいだから、暇を持て余してるんだとばかり思ってましたが」

碓井の視線は、春菜が提げた高級ブランドのショッピングバッグに向けられていた。

春菜はとっさに、ショッピングバッグを身体の後ろに隠した。

「いい加減にしないと警察を呼びますよ」

「かまわないですよ。どうぞ」

謎《なぞ》の余裕が不気味だ。ここは変にことを荒立てるより、さっさと立ち去るほうが賢明か。それでもしつこくつきまとってくるようなら、警察に助けを求めよう。なにかあったらいつでも電話してくださいと、刑事から連絡先を書いたメモをもらっていた。

「帰ります」

「待ってください」

無視して扉を開き、運転席に乗り込もうとした。

が——。

「ほたるのひかりさん」

碓井の発した言葉で、魔法にかけられたように全身が硬直した。

そんなわけがない。聞き違いだ。きっと気のせいだ。だがあの男はなにを言った？　私はどんな言葉を「ほたるのひかりさん」と聞き違えた？

混乱を来し始めた頭でそんなことを考えていると、碓井がふたたび口を開く。

「蛍野《ほたるの》ひかりさん、ですよね」

聞き間違えではなかった。

碓井が口にしたのは、いまから二十年以上前、春菜が十九歳のころ使っていた芸名だった。

「隣に乗っていいですか」

碓井が助手席側にまわり、目顔でロックを解除してくれと伝えてくる。

春菜がロックを解除すると、助手席に乗り込んできた。

初対面の怪しい男と車の中で隣り合って座るという状況が、とても非現実的に思える。

夢でも見ているようだ。

夢ならばどんなにいいか。

「なにを訊きたいの」

こうなったら一刻も早く取材を終えるしかない。

だが取材に応じれば この場を乗り切れるが、その後はどうする。取材した話は当然、記事になる。それはつまり、春菜が秘密にし続けてきた過去が、公になるということだ。

「いやー大変でした、あなたが出演なさっていた作品を探すのは。単体物にいくつか出演されていたようですが、あなたにとっては幸か不幸か、出荷数も多くはなく、売上もそれほどではなかったみたいなので、なかなか見つからなくて。でも一本だけ、手に入ったんです。愛知《あいち》のビデオショップのデッドストックになっていたものを送ってもらったんですけど、再生してみたらまあ、なかなか過激なプレイでちょっと驚かされました。だって病院長夫人の座に納まったいまのあなたからは、想像ができないような――」

「知らないわ」

遮って言った。

全身をなめ回すようないやらしい目つきに虫唾《むしず》が走る。

「そうなんですか。あなたは蛍野ひかりさんではない？」

まったく信じていなそうな口ぶりに、はらわたが煮えくり返る。

「違います」

「おかしいな。すごくよく似てるんです。顔立ちだけじゃなくて、あなた、ここに二つ、ほくろが並んでますよね。蛍野さんもあるんですよ、同じほくろが」

碓井が自分の頬を指差した。

「偶然にしては似すぎだと思うんだけど」

しきりに首をひねるフリーライターを睨《にら》みながら、ふいに思った。春菜が元AV女優だという情報は、どこまで知れ渡っているのだろう。

「偶然でしょう」

かつて蛍野ひかりという芸名でアダルトビデオに出演したのは事実だ。きっかけは原《はら》宿《じゅく》の竹下《たけした》通りでのスカウトだった。ただ、アイドルや女優になれると思ってついていったら、アダルトビデオの制作会社だった。ただ、完全に騙《だま》されたかといえばそうでもなく、セックスは嫌いじゃなかったし、どんなかたちであれちやほやされたい願望があった。楽して金を稼げるならそれも悪くないと、軽い気持ちで業界に足を踏み入れた。

だが蛍野ひかりが主演したビデオは、思ったほど売れなかった。最初はただカメラの前でセックスするだけだったのが、次第に要求されるプレイもハードになり、最後に出演した作品では人間の尊厳を踏みにじられるような扱いを受け、泣き出してしまって何度も撮影が中断した。

発売当初は売れないことに落ち込んだが、結婚してからは売れなくてよかったと思った。AV女優として世間に顔を知られていたら、次期院長の座が約束された医療法人の御曹司《おんぞうし》は、自分を選んでくれなかった。人生をリセットできたと思った。

だがそんなことはなかった。AV女優の自分と次期院長夫人の自分の人生は、間違いなく一本の道としてつながっていた。

十数年前の一時期、春菜はストーカーにつきまとわれた。買い物中の春菜を見かけ、自宅までついてきたらしい。家の周囲をうろつき、買い物に出かけるときなどに声をかけてきたりした。本来ならすぐに夫に相談するところだが、春菜は躊躇《ちゅうちょ》した。ストーカーの男が、春菜を「ひかりちゃん」と呼んだからだった。男は〈AV女優蛍野ひかり〉の熱狂的なファンだった。

ストーカーの興味が自分から逸《そ》れるように、無視したり、ときには汚い言葉で罵ったりもした。だが消えたと思ったストーカーの姿を、忘れかけたころに自宅の窓の外に見つけてぞっとすることを繰り返していた。

そんな日々が、三か月も続いたある日のことだった。娘を連れて近所の公園に出かけた夫が、帰ってきたときにはなぜか鬼の形相になっていた。

聖良が公園で見知らぬ男に話しかけていたと、夫は切り出した。すぐに相手の男の正体を察し、背筋が凍った。見知らぬ男が話しかけてきたのではない。娘のほうから、見知らぬ男に話しかけたのだ。娘とその男は顔見知りになっていた。

娘の手を取ってどこかに連れて行こうとする男を、夫は慌てて止めたという。

春菜はそこですべてを打ち明けた。なによりも世間体を重視する家柄だったため、離婚こそ免れたものの、それ以来、夫は妻に指一本触れなくなった。香水の匂いをぷんぷんさせていたり、ときには首筋にキスマークをつけて帰ってくるようにもなったが、耐えるしかなかった。夫はわかってやっている。彼なりの復讐《ふくしゅう》なのだろう。

それから春菜は毎日、娘を学校に送り迎えするようになった。ストーカーになにをされたのか、まだ小さな娘の説明は要領をえなかった。だが娘が「お兄ちゃん」にされた「おまじない」が、どんなものなのか想像はついた。

警察には通報しなかった。そんなことをすれば、娘がされた「おまじない」についても話さなければならない。

ストーカーは蛍野ひかりへの興味を失ったのか、それ以外の理由があるのか、いつしか姿を見せなくなった。それでも春菜は娘の行動を制限し続けた。成長するにつれて、娘の容姿が若いころの自分に似てきたからだった。軽い気持ちで自分を売り物にして、一生続く後悔を背負うことになった愚かな若い娘。放《ほう》っておけば、娘もそうなる。だって私の娘なのだから。

「おまじない」だって、娘にも原因があるかもしれない。隙《すき》があったんじゃないか。だから変態につけこまれたんじゃないか。あるいは、娘のほうから誘惑したんじゃないか。そういうふしだらな血が流れているのではないか。ありえない方向に妄想が膨らんだ。

大学に入ってからの娘の変貌《へんぼう》を見るにつけ、春菜は確信した。結局そういう「血」なのだ。どんなにきつく言って聞かせても、押さえつけても、最終的には同じ結果に至る。

「おまじない」は呪いだったのかもしれない。

そして、あれから十年以上の時を経たいまとなっても、その呪いは解けていない。

「いくら欲しいの」

春菜は汚い物を見る目で、碓井を睨んだ。

なにを言うんだこの人は、という感じで、碓井が首をかしげる。

「もしかして買収しようとしてます？　私は真実を知りたいだけです。あなたを脅迫しようとか、そういった意図はいっさいありません。見くびらないでもらえますか」

怒りと羞恥《しゅうち》で顔から火を噴きそうだった。

「ならなんで、私の過去なんか調べるの。関係ないじゃないの」

「なんにですか？　私、あなたの過去がなにかに関係しているなんて、言いましたっけ」

はっとなった。思わず口を塞《ふさ》ごうとする手の動きを、とっさに止める。

碓井がにんまりとした。

「すみません。意地悪でしたね。揚げ足を取りました。本当は関係あると思っています、娘さんの死と、あなたの過去は」

言葉が出ない。沈黙の重苦しさで息が出来なくなりそうだ。

春菜がいまにも大きく喘《あえ》ごうとしたそのとき、碓井が沈黙を破った。

「私は、あなたが娘さんを殺したと考えています」

さらに息苦しくなった。

「なにを言うの」

「いまのところ、あなたを疑うに足る材料は多くないため、警察も、マスコミも、あなたに疑いを向けていない。事件当時、あなたは自宅で就寝中だったと証言していて、夫もその証言を裏づけるような発言をしている。だが私の調べによれば、あなたたちは家庭内別居の状態で、食事も寝室も別々だった。お互いがどこでなにをしているか知らないし関心もない。だから配偶者が在宅しているかも、本当はわからない」

「寝室が別々だとか、そんなプライベートなことは話したくないし、そもそもあなたの憶測よね。適当なことを言わないで」

「いいえ。さっき、旦那さんにお会いして話を聞いてきました」

　全身から血の気が引いた。

「旦那さんはおっしゃっていました。仕事を終えて愛人宅で食事を済ませ、午後十一時過ぎに帰宅した際に、あなたが廊下を歩いてトイレに入るのを〈見かけた〉と。長らく言葉すら交わさない関係だったので、その後は気にもかけなかった。翌朝には台所でうごめく〈気配〉がしたから、自分が就寝した後の深夜に外出した可能性なんて考えもしなかったそうです。警察にたいして〈二人とも眠っていた〉と証言したのは、まさかあなたが犯人だと考えもしなかったし、病院の看護師と不倫関係にあるのを周囲に知られたくなかったからだと説明されました。まあ、自宅から遠く離れた渋谷で発生した事件の捜査で、夫婦関係が破綻《はたん》しているなんてわざわざ話す必要はないですね。ともかく、あなたには犯行が可能だった。問題は動機ですが、そのポイントになったのが、これじゃないかと」

　そう言って碓井がくたびれた革のバッグから取り出したのは、最近ではすっかり見かけなくなったＶＨＳの磁気テープだった。

心臓をつねられたような痛みに、春菜は顔を歪める。

「夫婦関係を壊したのもこいつなら、それまで母親の言うなりだった娘の態度が変わったのも、こいつのせいじゃないかと思うんですが、いかがでしょう」

鋭すぎる指摘だった。金目当てでもなさそうだし、胡散臭《うさんくさ》い風貌《ふうぼう》のわりにジャーナリストとしては有能なのだろうか。

——私を守ってくれなかったくせに！　あんたのこと、『蛍野ひかり』のこと、私、知ってるんだから！

あの日、夜の街に繰り出そうとするのを止めようとしたときに、娘の口から放たれた言葉だった。

なぜ知っているのか。

娘が家を出た後も、春菜は一人悶々《もんもん》として居ても立ってもいられなくなった。そして数時間後、娘を追って家を出たのだった。

娘が出入りする渋谷のクラブの名前は知っていた。娘のスマートフォンの暗証番号は突き止めているので、ときおりメッセージアプリのやりとりを覗いていたのだ。

円山町の『ランスロット』。

店の前には若い男女が地面にベタ座りしながら談笑しており、出入りする客の服装や年齢層を見ても、四十を超えたおばさんが一人で入っていける雰囲気ではない。遠くからピンク色のネオンサインを掲げた出入り口を見ていると、ほどなく娘が男と一緒に出てきた。

二人ともかなり酔っている様子で、娘は男に腕を絡めてしなだれかかっていた。

春菜は二人の後をつけようとした。そのとき、男が娘を置いてコンビニエンスストアに入っていった。連れ戻すならいまだと、一人店の外に立つ娘のもとに歩み寄ろうとした。

すると娘もこちらに気づき、顔色を変えて駆け寄ってきた。

——なにしてるの？　なんでここにいるの？

自分がしようとしていることを棚上げにして責める口調の娘に、春菜は告げた。

——あなたを守るために来た。

「殺すつもりはなかった」

そう。守りたかった。かつて保身のために娘を犠牲にしてしまったことの罪滅ぼしをしたかった。

娘は春菜の手を引き、ひと気のない路地に導いた。そこで口論になった。

娘によれば、当時は「お兄ちゃん」からされた「おまじない」の意味がよくわかっていなかったが、思春期に入ったころ友人たちとの会話の中で自分がされたことの意味を察し、一人で悩むようになった。もしかしたら、自分にも原因があるのかもしれない。自分には愛される価値がない。そう考えると、母親の異常な干渉も致し方なしと受け入れられた。

だがあるとき、「お兄ちゃん」が母に「ひかりちゃん」と呼びかけているのを思い出した。ひかりちゃん。ほたるのひかりちゃんだよね。漫画のキャラクターのような名前なので、よく覚えていた。母は頑強に否定していたが、「ほたるのひかり」とはいったい誰だったのだろう。ふと思い立ち、インターネットで検索してみたのだという。

二十年以上前に数本だけ出演し、しかもたいしてヒットしなかったAV女優の情報はインターネットの海の底に沈んでしまったかに思えたが、検索結果の何ページ目かで匿名掲示板のキャッシュに『誰も覚えてないと思うけど、おれは蛍野ひかりが好きだった。めちゃくちゃエロかった』という書き込みを見つけ、『ほたるのひかり』が『蛍野ひかり』という字で、AV女優なのだとわかった。キャッシュには蛍野ひかりの出演作のタイトルも残っていたため、組み合わせて検索し直してみたところ、出演作のジャケットが表示された。娘は自分の母親がAV女優であったことと同時に、「お兄ちゃん」の本当の目的が母であったことを知った。警察に相談しなかったのは、自らの過去を隠すためだった。

――なにが守る、だ。あんたが守りたいのは自分だけじゃないか。

春菜は否定したが、娘はどんどん感情的になった。

そしてハンドバッグから刃物を取り出したのだった。パパ活で見知らぬ男とホテルに行くこともあるので、自衛のために所持していたのだろう。だが初めて刃を向けることになった相手は、皮肉にも自分の母親だった。

刃物を取り上げようと揉《も》み合ううちに、誤って娘の首筋を切ってしまった。両膝をついてくずおれながら、娘は懸命に口を動かし、声にならない声で救いを求めた。傷口を押さえた手はみるみる赤く染まった。

春菜はそのとき、娘の指摘が正しかったと気づいた。守りたいのは娘ではなく、自分だった。

幸いにも周囲にはひと気がなかった。

春菜は娘を置いてその場を立ち去ったのだった。

「いまの言葉、しっかり聞きましたよ」

碓井は懐《ふところ》から棒状のボイスレコーダーを取り出した。会話を記録していたらしい。

「いまはまだ、あなたに疑いは向いていない。だが時間の問題だ。いつまでも逃げ切れるなんて考えないほうがいい。悪いことは言わない。警察に出頭してください。もしも二十四時間以内に出頭しないようなら、この会話の音源を警察に提出します。あと、これ、もう使わないのでよかったらどうぞ。本当はなにも入っていない、空テープです」

差し出されたＶＨＳの磁気テープを受け取ると、碓井は扉を開いて車をおりた。

7

「おい、簑島」

有吉康晃がすれ違いざまに声をかけると、簑島が足を止めた。軽く顔をひねり、茫洋《ぼうよう》とした眼差《まなざ》しをこちらに向ける。相変わらずなにを考えているのか、つかみどころのない雰囲気をまとっている。

「またお手柄だったみたいじゃないか」

返ってきたのは、軽く首をかしげるしぐさだった。

「なんの話ですか」

「渋谷の女子大生殺しだ」

「おれは別に、なにも。ホシが自首してきただけですし」

するとと有吉の隣で、相棒の久慈が口を開いた。

「あの事件で母親に自首を促したフリーライターの碓井という男は、きみとつるんでいるそうですね」

「つるんでるってほどじゃ……知らない仲じゃないっていう程度です」

簑島はそれほど親しくないとアピールするように、肩をすくめた。

三人が立っているのは、警視庁本部庁舎の廊下だった。『渋谷女子大生殺害事件』の捜査本部に召集されて二週間ほど不在だった簑島の班が戻ってきたのは、一昨日のことだ。

「あの碓井ってのは、見た目によらず相当なやり手みたいだな。被害者の母親の過去に着目し、AV女優だったことを突き止め、それをネタに揺さぶりをかけ、自首させた」

自首してきた犯人の口からその名前が挙がったため、捜査本部としても話を聞いたようだ。いちフリーライターに先を越されるなんてなにごとだと、現場を仕切る管理官はおかんむりらしい。

「そうみたいですね」

さして関心もなさそうな口ぶりだが、そんなわけがない。

「おまえまた、一枚噛《か》んでやがるだろう」

有吉は顔のパーツを中心に寄せた。

「いいえ」

「嘘つくんじゃねえ」

まあ待て、という感じに、久慈が有吉の前に手をのばした。

「一か月前に板橋区の小学校の運動会に刃物を持った少年が乱入した際、少年の身柄確保に協力した二人のうちの一人は、碓井にとてもよく似ていたそうです」

「そうなんですか」

初めて聞いたような演技が白々しい。

「小学校の運動会ということもあって撮影していた保護者や関係者も多く、少年の身柄取り押さえの場面の映像も多く存在するのですが、たしかによく似ていました。だが碓井本人に確認しても、違うと言っているそうです。その日その場所にすら行っていないと」

「本人が違うというのなら、そうなんでしょう。犯人逮捕に協力した事実を隠す必要はありません」

「その通りです」と、久慈が顎に手をあてる。相棒のやたらともったいつける癖が、有吉をしばしばイラつかせる。

「きみは碓井と知り合いだし、少年の身柄確保の場面にも居合わせた。そのきみが違うというのなら、違うのでしょう」

「雰囲気は似ていたかもしれませんが、別人でした。碓井さんと面識があるおれが言うのだから、間違いありません」

「その前の池上女児行方不明事件──きみがなぜか犯人の住まいを特定し、北馬込署の矢吹巡査長とともに踏み込んで監禁されていた女児を鮮やかに救い出してみせたあの事件ですが──あの事件の犯人は、現場に踏み込んできたのは、きみと矢吹巡査長だけではなかった、と供述しています」

「同僚の主張と、いかれた変態の主張。どちらに信憑性《しんぴょうせい》がありますか」

「もちろん前者です」久慈は即答した。

「だが犯人の逮捕時、きみは犯人に暴行を加えました。それを何者かが止めた。体格的に矢吹巡査長には、怒りに任せて犯人に暴力を振るうきみを止めるのは、難しかったでしょう」

「マンションの住人です。警察官にもかかわらず暴力に訴えてしまったことについては、深く反省しています」

「捜査本部への報告なく動いたこと、被疑者拘束の際に過剰な暴力を用いたことは、反省すべきです。だが一刻も早く少女を救出すべきだった情勢を考えればやむなしとも考えられるし、逮捕現場の状況を見れば、きみが被疑者に暴行を加えてしまったことを、個人的な感情として責める気にはなれません。私だけでなく、同僚の多くが同じように思っています。だからこそ、上もきみを罰することはしなかった。ただ、逮捕時にきみを止めたという人物が気になります。犯人によれば、それは男性二人組だったとか」

　久慈はつねに笑っているように見えるが、簑島はつねに苦悩しているように見える。どちらもいつも通りで、表情に変化はないのが不気味だ。

「犯人の供述するその二人組の外見的特徴は、板橋の小学校で少年の拘束に協力した二人と、とても近い。そしてそのうちの一名は、『渋谷女子大生殺害事件』の解決に一役買った碓井と似ています。そしてきみは、すべての事件にかかわっている」

「人は物事を見たいようにしか見ないものです」

　有吉には、簑島の発言の意図がすぐには理解できなかったが、

「つまり、私たちが物事を都合よく解釈しているだけだ、と言いたいのですね」

　久慈の解説を聞いて、頭に血がのぼった。

「ふざけんじゃないぞ」

「まあ待て」ふたたび久慈に押し留められる。

「あまり私たちを見くびらないほうがいい」

「見くびっていません。伊武さん殺しのホシを挙げてくれることを期待しています」

　ちっ、と聞こえよがしの舌打ちをして、有吉は訊いた。

「碓井たちとつるんで、なにやってんだ」

「なにも。碓井さんはおれの情報屋です。フリーライターでさまざまな分野に顔が利くので、ときおり情報をもらっています」

「隠し立てするとタダじゃおかないぞ」

簑島の瞳が、挑戦的な色を帯びた。

「恫喝《どうかつ》する相手を間違っていませんか。あなたたちが向き合うべきは伊武さんを撃った犯人で、おれじゃない。捜査が行き詰まっているからといって、八つ当たりみたいに絡んでくるのはやめてください」

「なにを！」

つかみかかろうとしたが、有吉の右手は簑島の襟首をつかむことができずに、空をかいた。

久慈に腕をつかまれたからだった。警視庁内でも有吉は肉体派、久慈は頭脳派で通っているが、実は久慈の腕力もかなりのものだ。

「落ち着け、有吉。簑島くんの言う通りです。身内でいがみ合っていてもしょうがない。私たちの目標は、あくまで伊武さんを殺したホシを挙げること」

「わかってる」と、有吉は久慈の腕をほどいた。力が強くてなかなかほどけず、ようやく解放されたときには、手首に久慈の手の跡がくっきり残っていた。

「だがそのためにも、信頼関係が必要じゃないか。こいつは大事なことを隠してやがる」

有吉に顎でしゃくられ、簑島が不快げに眉根を寄せる。

「むやみに疑うようなことをして申し訳ない。きみの言う通り、伊武さん殺しのホシにつながるような糸口がまったく見つからず、私たちは焦っています」

久慈に頭を下げられ、簑島は虚を突かれた様子だった。

「いえ。おれも言い方が悪かった」

「もしもなにか思い出したら、なんでもいいからおれたちに話してください。伊武さん殺しのホシを、なんとしても挙げたい。その思いはきみも同じはずです」

「わかりました」

軽く頭を下げ、簑島が去っていく。

「あいつ、ぜったいなにか隠してやがる」

「わかっています。ただ、無理やり吐かせようとしてもかたくなにさせるだけです。相手はケチなコソ泥じゃない。百戦錬磨の刑事なのですから」

廊下を歩いていた簑島の後ろ姿が遠ざかり、やがて角を曲がって消えた。

8

明石陽一郎は床につき、頭の後ろで手を重ねて、天井の染みをぼんやりと見上げていた。すでに消灯時間は過ぎており、横一・八メートル、縦三・六メートルの空間は暗闇《くらやみ》に包まれている。月が明るい日には穴あき鉄板の取り付けられた窓越しにささやかな光が差すのだが、今日はそれもない。それでも何時間も経てば、暗闇に目が慣れてさまざまなものが見えるようになる。

東京拘置所の単独室。明石にとっては日に三十分の戸外運動、三日に一度の入浴以外では、いまのところ生活のすべてだった。廊下とは鉄の扉で隔てられ、畳が三枚と、窓際の板の間には洋式便器と洗面台が設置されている。ほかには小さなちゃぶ台とチェスト。チェストには差し入れられた書物を詰め込んでいるが、拘置所生活も十四年に及ぶとさすがに収まりきらない。チェストの上に積み重ね、それでも増えすぎた書物を処分しなければならなかった。エアコンはなく、窓を開けても空気がよどんで重たい。空調の効いた廊下から冷気や暖気を取り入れるかたちだが、通風口が小さすぎるせいで夏は蒸すし冬は凍えるほど寒い。そのくせ隣室の声はよく聞こえて、いまも豪快ないびきが、明石の鼓膜をつつくような音量で届いていた。

眠れないのはいつものことだった。死刑囚に明日は約束されていない。刑は予告なしに突然執行される。目覚めたらそれが人生最後の日になるかもしれない。そんな恐怖を抱えてなお、安眠できる人間などいない。最悪の想像から極力目を逸らそうと心がけてはいても、布団に入るとつい考えてしまう。

だがいま、明石の頭を支配しているのは、殺された鈴木聖良のことだった。母親が自首したことにより、事件はいちおうの解決を見たようだ。

明石が想《おも》いを馳《は》せているのは、聖良の境遇だった。彼女はやはり、幼いころに深い傷を負っていた。パパ活に精を出したり、ナンパされた男についていったりと貞操観念がおかしくなったおもな原因は、幼少期のトラウマだろう。

明石がスカウトマン時代、風俗業界に引き入れた女たちも同じだった。多くは酷いいじめに遭ったり、肉親に虐待されたりした経験のせいで、極端に自己評価が低くなった女たちだった。自己評価が低いから、拒絶されることを極端に恐れるし、愛されるためにはなんでもしなければならないという強迫観念に囚われる。たとえそれがひとときの性欲の捌《は》け口であっても、他人から求められることで自己肯定感を高めようとする。

両親の愛情をふんだんに注がれて育った女は、まず風俗業界に興味なんて持たない。表面上は天真爛漫《らんまん》な明るい女でも、心に深い闇を抱えており、笑顔はそれを覆い隠すための仮面である場合がほとんどだ。

明石はそういう女を見抜くことに長《た》けていた。明るく見えても、心に深い闇を抱えた、どこかが大きく欠落した女。先天的な才能もあるかもしれないし、かつて刑事だった時代にそういう女と数多く接して培われた部分もあるかもしれない。男として、そういう女に惹《ひ》かれる部分もあったろう。ともかく鼻が利いた。そしてすべてを見抜いた上で、風俗業界に引きずり込んだ。ときには褒《ほ》めそやし、ときには劣等感をくすぐり、そしてときには、自分にたいする恋愛感情すら利用した。

自分と出会わなければ違った人生を歩んだ女も、少なくなかったはずだ。強引な手段に訴えたことはないが、それでも相手が地獄に落ちるのがわかっていて、背中を押したのは事実だった。

ことに、自分が殺したとされる四人の女たち。

大田区蒲田のホテル『ヴィラ・ショウワ』で殺された、西蒲田のデリヘル店『蒲田ウルトラハニー』の野田《のだ》ちひろ。源氏名は『みく』。彼女は実の母親から「生まなければよかった」と言われ続けて育った。それでも母親を笑わせようと明るく振る舞い続けたせいで、つねにへらへらとした笑顔を浮かべるようになった。

神奈川県川崎市の『ホテル美作《みまさか》』で殺された、武蔵小杉《むさしこすぎ》のデリヘル店『愛情列島《あいじょうれっとう》川崎店』の若山敬子《わかやまけいこ》。源氏名は『山口《やまぐち》』。母親が離婚と再婚を繰り返すせいでお父さんと呼ぶ相手が五人いると自嘲気味に笑った彼女は、ふいに覗かせる陰のある表情が印象的だった。あえて訊かなかったが、おそらく何人かの継父に虐待を受けていた。

大田区蒲田のホテル『ホテル・ニューシンデレラ』で殺された、川崎駅近くのデリヘル店『美女《びじょ》っ子《こ》クラブ』の西田《にしだ》結《ゆい》。源氏名は大好きなアニメキャラから拝借したという『くるみ』。最初にスカウトした際、学生時代に酷いいじめに遭っていたのを見抜いてみせたら、喫茶店で号泣された。自分をさらけ出したことでスカウトマンに心を許したらしく、入店後も頻繁に連絡を寄越《よこ》してくる手のかかる女だった。

そして渋谷区道玄坂の『ホテル万年』で殺された、『渋谷バスケットガール』の『ミオ』こと、久保真生子。大学の同級生である簑島朗と交際中だった彼女と出会ったのは、山手線の駅のホームだった。滑り込んでくる電車に向かって駆け出そうとした彼女の腕を、明石がとっさにつかんだのだった。

——時間あるならお茶でもどう？

強引なナンパを装ったが、あのとき、彼女は電車に飛び込もうとしていた。実父に性的虐待を受け、自分を愛することができなくなっていた彼女は、殺されなくてもいずれ自死を選んでいたかもしれない。さらに自分を責めるようになる気がして、簑島にはとても打ち明けられないが。

だがそんな彼女の心の隙間に、明石はつけ込んだのだった。その後風俗で自尊心を削られ、連続殺人鬼に弄ばれて、苦しむだけ苦しんで死んだことを思えば、あのとき、電車に飛び込ませておいたほうが幸福だったのかもしれないと考えることもある。

自ら手を下したわけではない。だが、自分が風俗業界に引き込まなければ、四人はまだ生きていた。

そういう意味では、死刑に値するのだろうか。

「四人じゃないな……五人か」

暗闇に呟きをこぼした。

刑事時代に殺人事件の被疑者とみられる女と、深い仲になった。明石は寝物語に耳にした情報を捜査に利用し、女を逮捕しようとした。最初からそのつもりだったわけではない。女を疑っていなかったし、愛も情もあった。だが一度疑いを抱いてしまうと、追及せずにいられなくなった。

その結果、女は自ら命を絶った。そして明石は警察を辞職し、刑事時代に利用していた情報屋の伝手《つて》で、風俗のスカウトマンになったのだった。

五人だ。自分が死なせた女は——。

後悔は尽きない。やり直せるものならやり直したい。だがそれを言うなら、自分のせいで死んだ五人の女だってそうだろう。明石に出会わない人生をやり直したい。きっとそう願っている。

ストラングラー。

ここ半年で四人の女を殺害した、明石陽一郎の模倣犯とみられる連続殺人鬼。

明石逮捕のために不正を働いていた伊武が消されたことを考えても、おそらくは十四年前、明石に罪を着せたのと同一人物だ。模倣犯などではない。怪物が十四年ぶりに活動再開した。

身に覚えのない罪を着せられた上、真犯人を野放しにしたまま死ぬのは無念きわまりないが、かといって自分が大手を振って自由を謳歌《おうか》するのも、少なくとも死んだ五人の女は望まないのではないか。

明日は、生きていられるのか。

おれの人生には、まだ続きがあるのか。

うっすらと外が明るくなり始めたころ、明石の意識はようやく朦朧《もうろう》とし始める。夢と現実の境目が曖昧《あいまい》になる。

——陽ちゃん？　私。

白む視界に人影が映る。逆光にシルエットが浮かび上がっていて、顔はよく見えない。

だが明石には、それが誰かわかった。

――結か。どうした。

蒲田のホテルで殺された『くるみ』こと西田結。声優を目指して新潟《にいがた》から上京し、昼間は声優を養成する専門学校に通っていた。彼女に声優としての才能があったのか、明石には知るよしもない。だが少なくとも、いかにもテレビアニメで声をあてていそうな鼻にかかった特徴的な声質ではあった。

――折り入って相談があるんだけど……これから会えないかな。

またか、と思う。

〈商品〉には手をつけないのが、明石の主義だった。いくら好意を向けられても、応《こた》えるつもりはない。だがはっきりと拒絶することで、せっかくの〈商品〉が店を辞めてしまっては困る。明石には、紹介した風俗嬢の稼ぎから一〇%が支払われる仕組みになっていた。好意を寄せてくる女には上手く気を持たせつつ、最後の一線は越えないように配慮していた。

――かまわないけど、これから仕事じゃないのか。

――そうなんだけど、このままじゃ仕事に集中できないから、遅くなるって連絡しちゃった。どうしても陽ちゃんに話を聞いて欲しくて。

――わかった。じゃあ時間作るから、その後はちゃんと仕事に行ってくれよ。

まどろみの最中、ふと思う。

待てよ、これはいつの会話だ？

結とそんな会話はしたことがなかった。彼女は明石に好意を抱き、なにかと口実をつけて連絡をしてきてはいたが、仕事を後回しにすることはなかった。専門学校の学費はデリヘルの稼ぎでまかなっていた。

いつの会話だ？

実際には交わしていない会話を、脳が捏造《ねつぞう》しているだけか？

いや、違う。交わしていないのではなく、覚えていないのだ。

記憶が逆流を始める。アルコールのせいで失われていた記憶が、掘り起こされる。

そしてついに記憶の輪郭がくっきりとした瞬間、明石は弾かれたように上体を起こしていた。意識が冴《さ》え渡り、もう眠れそうにない。

「冤罪を、成立させられるぞ」

一刻も早く簑島に話さなければ。

第四章

1

「よく来たな。待ってたぞ」

面会室に入るなり、明石は早足で歩み寄ってきた。全身から隠しきれない高揚が滲《にじ》んでいる。この男がこれほど感情を顕《あらわ》にするのを初めて見た。無実を証明する糸口を見つけたというのは、本当らしい。

アクリル板越しに興奮が伝染して、簑島は膝《ひざ》の上でこぶしを握り締めた。

「なにを思い出した」

望月からもらった連絡では、冤罪《えんざい》を成立させるだけの決定的な事実を思い出したという話だった。

明石は重度のアルコール中毒だったため、嫌疑のかけられた事件発生時の記憶を失っていた。そのためアリバイを証明することができなかった。

「結だ。西田結」

「西田結。十四年前の連続殺人の三人目の被害者だな」

名前を聞いただけでピンと来た。明石の犯行とされる事件の資料は、何度も目を通して完全に頭に叩《たた》き込んでいる。

「そうだ。事件の起こった日、結はおれに電話してきた」

「それは知っている」

とっくに捜査で明らかになった事実だった。西田結は殺害される二時間前、彼女を風俗業界に誘ったスカウトマンである明石に電話していた。二人はその後、蒲田駅近くの喫茶店で会っている。

西田結の在籍していた『美女っ子クラブ』関係者への事情聴取によれば、当日、午後九時出勤予定だった西田結から、急用が入ったので出勤が遅れると連絡が入っていた。彼女の携帯電話の発信履歴では、店に遅刻の連絡を入れた直後に、明石に発信したようだ。

そして午後十時二十三分、『美女っ子クラブ』に『くるみ』を指名予約する電話が入った。この店では女性と駅前で待ち合わせ、そのままホテルに向かってデート気分を味わえるというオプションがあり、その日、『くるみ』こと西田結を指名した客も、そのオプションを希望した。

午後九時出勤予定のまま、ホームページに遅刻を反映させていなかった店側は、慌てて西田結に連絡を取る。午後十一時に蒲田駅前待ち合わせ、一二〇分コースでの予約が入ったと伝えたところ、西田結はこれを承諾。店には出勤せず、直接蒲田駅に向かうという返事があった。

駅前での待ち合わせの場合、女性には客の顔がわからない。そのため客は、あらかじめ店に携帯電話の番号を伝えておくことになっていた。上手《うま》く合流できない場合には、女性から番号非通知で発信するのだ。

西田結の発信履歴を確認したところ、非通知発信された形跡はない。スムーズに合流できたと考えれば、それ自体はとくに不審でもない。

だが、客が店側に伝えた電話番号は出鱈目《でたらめ》だった。犯人には最初から自分の身元を隠す意思があったことがうかがえる。

ホテルに入った後、西田結からは無事入室した旨の連絡が、店に入っている。その後、彼女が生きて部屋を出ることはなかった。

つまり、最後に一緒だった明石が、西田結にとって最後の「客」ではないかという疑いがかかったのだった。

「思い出したのは、その後だ」

西田結から電話がかかってきた後。つまり、蒲田の喫茶店で話した内容だろうか。

「ストーカー化した客からつきまとわれていて、店の近くをうろついていたりするので、怖くて出勤できないという相談だった」

「ストーカー？」

「ああ。その相談を受けている途中で、店から結に電話がかかってきた。おれは渋る結をなだめて、仕事に向かわせた。だがあのとき予約を入れてきたのが、結を殺した犯人だった。ストーカーになった客はNG指定していたから、安心だと思ってたんだ」

明石が悔しそうに顔を歪《ゆが》める。

「彼女とは喫茶店を出てすぐに別れたのか」

簑島は明石の思い出した事実が、どうやって冤罪と結びつくのかを考えていた。

「そうだ。おれは結にストーカーを働いていた男と話をするため、店を出てすぐにそいつの勤めていた会社に向かった」

「本当か？」

思わず息を呑《の》む。

「間違いない。相手が一部上場企業の課長だかの地位にあると聞いた。最初に指名されたとき、名刺を出して自慢されたって。そういうやつなら、おれみたいなのに会社に乗り込まれるのがもっとも効くだろうと思ってな。結から会社の名前と住所を紙ナプキンに書いてもらった。ストーカーのやつ、平日はわりかし遅くまで仕事しているらしいから、まだ会社にいるかもしれないと思って行ってみることにした」

「店を出た時間は」

「結が客との待ち合わせ時間にちょうど間に合うぐらいだったから、午後十一時より五分前ぐらいだろうか。おれが説得して出勤することにはなったんだが、気乗りしないらしく、ギリギリまで喫茶店で粘っていた」

同時に店を出て、その場で別れ、西田結は客との待ち合わせ場所に、明石は西田結にストーカー行為を働いていた男の勤務先に、それぞれ向かった。

それが証明できれば、少なくとも西田結の事件にかんしては冤罪が成立する。一連の殺人事件のうち一件の嫌疑が晴れることで、ほかの三件についても再審理の必要が出てくる。冤罪の成立だ。

簑島は総毛立つのを感じた。

「西田結にストーカーを働いていた男に接触すればいいんだな」

「ああ。頼む」

だが、と明石は目を閉じ、人差し指と親指で目頭を揉《も》む。

「情けないことに、その男の名前や勤務先が思い出せない」

「なにかヒントはないのか」

そこまで思い出しておきながら、なぜ肝心な部分が思い出せない。簑島は焦《じ》れた。

明石は目頭を揉み続ける。懸命に記憶を手繰り寄せようとしているが、思い出せないようだ。

「移動手段はなんだ。電車なら、どこで乗り換えたとか――」

「いや。たしかタクシーだった」

「蒲田からタクシーだな。車窓の景色とか、運転手との会話とか、なんでもいいから思い出せないのか」

しばらく目を伏せて考えていた明石が、顔を上げる。

「運転手は最近子どもが生まれたと話していた」

さすがにそれじゃ手がかりにはならない。

と、思ったが「おれは、会計のときに釣り銭はいらないと言った。祝儀代わりだと」と続く。

「金額は覚えているか」

「財布には一万円札しか入っていなかった。運転手はどこかのコンビニで崩してくると言ったんだが、そこまでさせるのは面倒だと思った」

そこまで言って、なにかを思い出したようだった。

「三千五百円。請求された料金はたしかそれぐらいだった」

「午後十一時はまわっているよな」

「結の仕事の待ち合わせが午後十一時だから、それは間違いない」

「だとすれば二割増しの深夜料金になっている。通常料金だと、二千九百円ってところか」

その料金だと意外に遠くまでは行けない。

「品川、目黒《めぐろ》、世田谷《せたがや》あたりか。料金から考えてだいたい八キロ九キロは走っているはずだから、大田区からは出ているだろう」

明石の推理がキレを取り戻してきたようだ。

「あとは多摩川《たまがわ》を渡って川崎という可能性もある」

簑島の意見に、軽く顎《あご》を引く。

「川崎駅周辺までは三千五百円もかからないから、川崎市なら武蔵小杉あたり、あるいは川崎を通り過ぎて横浜市鶴見《つるみ》あたりまでは行けるだろうか」

「ストーカーは一部上場企業の課長だったな。蒲田から半径八、九キロ圏内にある会社をあたるか」

「いや」と明石が顎に手をあてる。「圏内である必要はない。半径八、九キロの帯上にある一部上場企業だ。釣り銭を受け取らなかったということは、運転手のサービスに満足していた。道に迷ったり、無駄に遠回りしたりはしていない」

たしかに仕事ぶりに満足していなければ、子どもが生まれたと聞かされたところで、六千五百円もの釣り銭を取っておけとは言わない。

「ということは、蒲田を中心に八キロから九キロの帯を描き、そのエリア内にある一部上場企業の課長だった男を探せばいいんだな」

「そういうことになる」

明石は言い、簑島はこぶしを自分の口にあてた。

「それなりに絞れた気もするが、品川、目黒、世田谷、武蔵小杉、鶴見……大きな街ばかりだ。一部上場企業だってかなりの数がある。もっと絞り込む材料はないか」

ようやく断片を引きずり出したとはいえ、十四年も埋もれていた記憶はかなり風化しているようだ。明石が苦しげな顔になる。

だが、今回はすぐに目を見開いた。

「事故だ。事故が起こって交通規制が行われていた。運転手が上手く抜け道を利用して、渋滞を回避してくれたんだった。だから祝儀をはずんだ。たしか、先週も同じ場所で事故が起こったと話していた」

西田結が殺された当日に交通事故が起こっていた。そして前の週にも同じ場所で事故が起こった。事故の規模にもよるが、警察に記録が残っているかもしれない。もしもどの事故か特定できれば、タクシーの向かった方角が特定できる。蒲田から八キロから九キロのエリアにある、一部上場企業。

「これだけ材料があれば、とりあえずストーカーの勤めていた会社ぐらいは特定できるかもしれない」

まだ手応《てごた》えとしてはあやふやで、これが無実の証明につながるのかはわからない。だがようやく事態が転がり始めた事実に、簑島は興奮していた。

ところが、明石は複雑そうな顔をしている。

「どうした」

「いや。ここまで思い出せないものかと思ってな」

「当時のおまえは重度のアル中だったんだ。これでも頑張ったほうじゃないか」

「それにしたって、きっかけさえつかめればもっとスムーズに思い出せると踏んでいたんだが……」

「十四年前の話だ。素面《しらふ》だとしても記憶は薄れる。おまえも年をとったってことだ」

冗談めかして笑いを誘ったが、明石の難しそうな表情は崩れることがなく、軽く唇の片端を持ち上げて調子を合わせただけだった。

2

「やった！　ここですよ。間違いない。ついにやった！」

指をパチンと鳴らした望月が、興奮を抑えきれないといった様子で席を立ち、うろうろと歩き回り始める。

「待て待て。ここもそうじゃないか」

あとここも、それにここも、と、碓井がホワイトボードに貼《は》られた地図を指差した。

「マジすか」

望月がホワイトボードに歩み寄り、地図に顔を近づけて凝視する。

「それでもかなり絞り込めましたね。三十五社ぐらいですか」

加奈子がそう言って、簑島のほうを見た。

「ここもだから、三十六社だな」

碓井が地図上を指差し、望月が鼻に皺《しわ》を寄せる。

「碓井さん。そうやって喜びに水を差すの、やめてください」

「馬鹿言ってんじゃない。おまえを喜ばせるためにやってるんじゃないんだ」

「まあまあ。それでも三十六社なんだから、すごい前進じゃないですか」

加奈子に慰められ、「それもそうだ」と望月が頷《うなず》く。

アジトの資料室だった。テーブルの近くのホワイトボードには蒲田を中心にした東京近郊の地図が貼ってあり、半径八キロと九キロの二つの円が描かれている。地図上に散りばめられた無数の赤い丸は、一部上場企業を示すシールだ。そして×は西田結殺害当日に発生した交通事故を示す地点に書き込まれている。

仁美の裏切りについては、誰《だれ》にも打ち明けていない。気まずくなったまま別れたが、あのとき気まずさを感じたのは自分だけかもしれない。仁美は相変わらずアジトにあまり顔を出さず、メンバーともほとんど顔を合わせることはない。加奈子はまだきちんと会ったことすらない。

あんなことがあった以上、このままここを利用し続けるわけにもいかない。だが明石に仁美を罰する意思はないのに、簑島が碓井や望月たちに告発するのも違う気がする。どうすればいいのか、わからなくなっていた。

明石との面会から三日が経過していた。

簑島と加奈子で警察署、碓井が新聞社など報道関係をまわり、十四年前の西田結殺害当日に発生した交通事故を洗い出した。雨が降ったりやんだりの不安定な天候で路面が濡《ぬ》れていたせいか、蒲田から九キロ圏内で三件の交通事故が発生していたようだ。

現場は品川、目黒、川崎。そのうち一週間前にも同じ場所で事故が発生したという記録が残っていたのは、品川だけだった。品川駅近くの第一京浜《けいひん》道路で、西田結殺害当日と、その一週間前に交通事故が発生している。

明石は品川方面に向かったのではないか。

蒲田を出て第一京浜の事故現場近くを経由し、三千五百円というタクシーの深夜割増料金の範囲内で行ける場所を絞り込み、そのエリアにある一部上場企業をピックアップした。

その結果が、三十六社だ。

「思っていたよりも多いな」

腕組みで地図を睨《にら》みながら、簑島の口から本音が漏れる。そう甘くはないだろうと覚悟していたつもりだが、ここまで候補が多いとは思っていなかった。品川のオフィス街もエリア内に入ってしまったせいだ。

「でも三十六社ですから。四人で手分けしたら、一人あたり九社ですよ。なんとなくイケそうな数字じゃないですか」

望月が同意を求めるように、周囲を見回す。

「一人あたり九社を割り振って、どう動けばいいんだ。なにを調べる。十四年前に課長職にあって、蒲田のデリヘル嬢にストーカー行為を働いてたやつを、どうやってあぶり出せばいい」

碓井の冷静な指摘に、望月が頬《ほお》を強張《こわば》らせた。

「十四年前に課長だった、ぐらいならどうにか調べがつくかもしれませんけどね」

簑島を振り返る加奈子の顔には、困惑の色が浮かんでいる。

「さすがにこれだけの情報でストーカーの身元を特定するのは難しいですね。ここまで調べた成果を持って、あらためて明石に面会する必要がありそうです」

「品川という場所を特定されることで、記憶を喚起されてなにか思い出すかもしれないしな」

碓井が言い、望月も頷く。

「案外、簑島の旦那《だんな》が帰った後でまたなにか思い出したかもしれませんし」

やや楽観的な二人とは対照的なのが、加奈子だ。

「どうだろう。ただ思い出せない。そんな単純な問題なのかな」

「どういうことだ」碓井が訊《き》いた。

「思い出せない、じゃなくて、思い出したくない……っていう可能性はありませんか」

「明石さんがなにか隠してるって言うのかよ」

望月が不服そうに唇をすぼめる。

「そうじゃなくて、無意識に記憶を封じ込めているってことです。だって、思い出し方が不自然じゃないですか」

「不自然は不自然だが、当時の明石は重度のアル中だったわけだしな」

碓井が唇を曲げる。

「そうだ。むしろちょっとでも思い出してるのがすごいんだ。あんだけ日ごろから呑みまくってたら、記憶が残ってるなんて考えられないぞ。明石さんじゃなきゃ、欠片《かけら》も覚えてないだろうよ」

望月の口ぶりから、当時の明石がどれほど酷《ひど》い状況だったのかがうかがえる。

「明石にとって記憶を封じ込めたくなるような、よくない出来事があったということですか」

簑島の質問に、加奈子が肩をすくめる。

「わかりません。思いつきで言ってみただけだし」

「思いつきで適当なこと言うな」

望月に理不尽に責められ、加奈子が反論する。

「この場はそういうところじゃないんですか。思いつきを口にしちゃいけないんなら、健全な議論ができないと思いますけど」

「なんだと」

「望月、やめとけ。おまえの負けだ」

碓井が苦笑しながら仲裁し、腕組みで虚空を見上げた。

「でもたしかに、明石らしさは感じない。いつもの明石なら、おれたちが正解に行き着けるよう、もっと明快な答えを出してくれる」

「それはおれも思いました。どこか明石らしくない」

望月が悲しげに眉尻《まゆじり》を下げる。

「簑島の旦那までなんてこと言うんですか。明石さんが嘘《うそ》をついて、なんの得があるっていうんですか」

「だから嘘ついてるって言ってるわけじゃないってば」

加奈子がむすっと鼻に皺を寄せる。

「とにかくもう一度、明石に会ってきます」

簑島は言いながら、ホワイトボードに貼られた地図を見つめた。

3

「興味深い考察だ」と、明石は軽く微笑《ほほえ》んだ。

「ちょっとばかり暴走するきらいはあるが、矢吹は良い刑事になりそうだ」

「ちょっと、じゃないぞ」

だが、良い刑事になりそうだという見方には反対しない。

東京拘置所の面会室で、簑島と明石はアクリル板を挟んで向き合っている。

「思い出せない、じゃなくて、思い出したくない……か。矢吹の言う通りなのかもしれない。記憶の断片がよみがった時点では、芋づる式に思い出せるかと期待したが、そうはならなかった。無意識に記憶を封じようとしているのかもしれない。だとすれば、思い出さないほうがいいのかもしれないな。記憶を喪失したのは自分自身を守ろうとする、いわば防衛機制の一種ということだ。記憶を取り戻すのを脳が拒んでいる。思い出せば自分が壊れるというほどの、不都合な事実が隠されている」

「連続殺人で死刑判決を受ける以上に不都合な事実なんてあるのか」

簑島の問いかけに、明石はしばらく一点を見つめて答えを探っていた。

そして含み笑いで応える。

「どうだろうな。意外に繊細な人間だから」

「よく言う」

簑島はそう言ったものの、意外でもなんでもないと、内心では思った。露悪的に振る舞ってはいるが、この男は間違いなく繊細だ。愛する女を死なせてしまった後悔と罪の意識で、酒に溺《おぼ》れて人生を棒に振ってしまうほどに。

だがそれを指摘するのも照れ臭いので、本題に入ることにした。

「前回のおまえの話をもとに、おれたちなりに調べてみた」

明石が笑顔を消し、話を聞く態勢になる。

「西田結が殺されたのと同じ日に、交通規制が行われるレベルの事故が発生し、なおかつ一週間前にも同じ場所で事故が起こった地点は、品川駅よりの第一京浜道路だ」

「距離的にはそんなものだろうな」

明石が軽く目を細める。

「蒲田を出て事故の発生した地点の近くを経由した上で料金三千五百円ぐらいに収まりそうな場所には、一部上場企業が三十六社あった」

簑島の報告に、明石がしかめっ面で頭の後ろをかく。

「多いな。あのあたりには大きな会社が集まっているから、しかたがないか」

「リストアップした会社名を読み上げる」

簑島は懐《ふところ》から手帳を取り出し、メモしてきた会社名を読み上げた。

明石は一音も聞き漏らすまいという感じで目を閉じていた。最初のうちは簑島が会社名を読み上げるたびに、「違う」とか「覚えがない」と声に出していたが、途中から軽く顔を左右に動かすだけになった。

そしてすべての会社名を読み上げ終えるまで、明石の顔は横にしか動かなかった。

明石がゆっくりと目を開く。

「一つも聞き覚えがない」

「思い出せないか」

慰めるように頷きながら、簑島は内心で落胆していた。目的地はすぐそこに見えているのに、大きな谷に前進を阻まれている。どうアプローチすればいいのかわからない。

「あれからなにか思い出したことはあるか」

答えを聞くまでもなく、吐き出されたため息が雄弁に語っていた。

「考えてみたんだが、どうしても思い出せない。本当に思い出さないほうがいいのかもしれないな。矢吹の言うことは一理ある。思い出す必要があるなら、とっくに思い出している。それができないのは、無意識に思い出すのを拒んでいるんだ」

「投げやりになるな」

「投げやりになっているわけじゃない。ずっと思い出せないでいたのは、思い出せないんじゃなく、思い出したくなかった。そう考えることで納得できる。他人のことは冷静に観察できても、自分を客観視するのは難しい。そういうものだ」

「そんな言葉遊びは無意味だ。おまえは、おまえの脳だか肉体だか深層心理だか知らないが、それらが拒んだところで、思い出そうとする努力をやめてはいけない。それをやめたら、おまえは死ぬ」

明日刑が執行されるかもしれない相手に、これほど直接的な物言いをするのはどうかと思ったが、明石は眉一つ動かさなかった。

「八年」明石がぽつりと呟《つぶや》く。

「最高裁で死刑判決が確定してから、もう八年だ。身に覚えのない罪で自由を奪われ、いつ刑が執行されるかもしれない恐怖に怯《おび》えながら、八年も過ごしてきた。つくづく人間というのは、与えられた役割に順応する生き物だと痛感する。死刑囚としてこんな場所に閉じ込められていると、なにか原因があったんじゃないかと考えるようになるんだ。連続殺人については無実でも、けっして褒《ほ》められた人生を送ってきたわけじゃなかった。その報《むく》いが、いまになってやってきたのかもしれないとな」

「いいや。駄目だ」

簑島は強い口調で言った。

「おまえはたしかに多くの女性を風俗に沈めて、それでメシを食ってきた屑《くず》だ。その点に疑いはないし、おまえが真生子をスカウトしたのを、おれはいまでも恨んでいる。おまえにさえ出会わなければ、真生子は風俗嬢にならなかった。そうすれば、あのとき殺されることもなかった……ってな」

「間違いない。おれが彼女から人生を奪った」

「ああ。ぜったいに許さない」

だが、と簑島は眼差《まなざ》しに力をこめる。

「だからと言って、裁かれていい理由にはならない。屑が屑だからといって、やってもいない罪で裁かれてよしとするならば、それはもはや法治国家ではない。おまえはおまえがやったことで裁かれるべきだ」

そこで簑島は目を閉じ、大きく深呼吸した。

そして言う。

「おまえはやってない」

明石の目が、驚きに見開かれる。

「最初は半信半疑だった。この十四年、おまえのことを憎んできたっていうのに、急にそんなことを言われて信じられるはずもない。だがいま思えば、憎んできたからこそ、信じたくなかったんだ。憎しみのあまり目が曇っていた。十四年抱き続けた感情が見当違いだったと気づきたくなかった。いまは、おれはおまえの無実を信じている。おまえはこのまま死ぬべきじゃない。無実を証明して、自由を取り戻すんだ。そして真犯人を――ストラングラーを捕まえるんだ」

口を軽く開き、呆気《あっけ》にとられた様子だった明石が、我に返った様子で言う。

「驚いたな。あんたの口からそんな言葉が出るとは」

「おまえは罰せられるべき人間かもしれない。だが、自分のやったことで罰せられるべきだ。おまえがいまここに入っているのは、おまえの罪が原因じゃない」

目の前の死刑囚が、不敵な笑みを取り戻した。

「自由の身になったら、あんたに喜びのキスをくれてやるよ」

「勘違いするな。おまえは四人の女を殺していないってだけで、屑なのは変わりない。この透明の板がなくなったら、おまえの顔に直接こぶしを叩き込んでやる」

簑島は透明のアクリル板にぺたりと手をついた。

その手の動きを視線で追い、明石が微笑む。

「そいつは楽しみだ」

「面会時間が残り少ない。さっさと思い出せ。おまえは西田結と別れ、タクシーで品川に向かった。途中、交通事故の渋滞に巻きこまれそうになったものの、タクシー運転手の機転で渋滞を回避し、目的地に到着する。料金はおよそ三千五百円。おまえの財布には万札しか入っていない。どこかのコンビニで両替して釣りを払うという運転手に、出産祝いだから釣りはとっておけと告げ、車をおりる」

明石は目を閉じ、軽く頷きながら話を聞いていた。簑島から与えられた情報をもとに、情景を浮かべようとしているのだろう。ぶつぶつと口の中でなにかを呟いている。簑島は細かい問いかけをせずに、明石を思考に集中させた。

やがて明石が、大きく目を開く。

「西田……」

「西田？」

殺害された女の苗字《みょうじ》を口にしたと思ったら、違った。

「ストーカーの苗字は、西田だ。下の名前までは思い出せないが、苗字はそれで間違いない。苗字が同じだから、結婚しても苗字が変わらないねと言われたと、気持ち悪がっていた。本名を知られてしまったらしい」

そこまで話して、さらになにかを思い出したらしい、びくん、と身体《からだ》を震わせる。

「だってあいつ、奥さんも子どももいるんだよ。結婚してて、三十五歳のおっさんのくせに、超キモい……」

おそらくは記憶の中で西田結が話している言葉を、代弁している。

「当時三十五歳の西田だな」

簑島は急いで手帳にペンを走らせた。

明石は脳裏に浮かんだ記憶が信じられないという顔で、簑島を見る。

「驚いたな。ぜったいに思い出せないと思っていた」

そのとき、そろそろ面会終了とばかりに、明石の背後で刑務官が腰を浮かせた。

「十四年前、品川の一部上場企業で課長職にあった当時三十五歳の西田。必ず見つけ出してやるから、待ってろ」

簑島は早口でそう言って手帳を懐にしまい、立ち上がる。

「簑島……」

扉のノブに手をのばすと、明石に呼び止められた。

振り返ると、なかば呆然《ぼうぜん》とした表情の明石と目が合う。

「気づいたか」

簑島の問いかけに、明石は軽く眉根を寄せた。

「なにに」

「おまえいま、初めておれに名前で呼びかけたぞ」

はっとする死刑囚の男に背を向け、簑島は面会室を後にした。

4

小菅の東京拘置所を出るとすぐに望月たちに連絡を取り、明石が新たに思い出した手がかりを伝えた。

十四年前、品川の一部上場企業で課長職にあった、当時三十五歳の西田という男。

難しい状況に変わりはないが、それでも五里霧中だったこれまでと比べれば大きな前進だ。西田が勤務していた可能性のある三十六社に、簑島と加奈子、碓井と望月の二組に分かれて聞き込みをすることにした。

一社ずつ訪ねては、十四年前、この会社に西田という課長が在籍していなかったか確認する。明石との面会を終えてからの遅いスタートだったにもかかわらず、簑島たちは初日で二社への聞き込みを終えた。

午後九時と決めた集合時間にJR品川駅の高輪口《たかなわぐち》前に向かうと、すでに碓井と望月が待っていた。碓井たちも二社への聞き込みを終えたようだ。ただし、望月は二社とも社屋の外で待たされたと落ち込んでいた。碓井にはフリーライターとしてのノウハウがあり、簑島と加奈子には警察手帳がある。そういった武器を持たない上に金髪リーゼントという望月の風貌《ふうぼう》は、一部上場企業への聞き込みには不利に働くのは想像がつく。

碓井は、聞き込みをした電機メーカーに西田という課長がいたとの情報を持ち帰ってきた。が、その男は十四年前の時点で五十歳近かったらしいので、ストーカーとは別人だろうと結論づけた。

初日、しかも夕方からの数時間で四社。残りは三十二社。上々の滑り出しといえる。この調子でいけば四、五日もあればすべての会社の情報収集を終えられる。

明日からの分担を確認し合い、解散した。

電車を乗り継いで簑島が一人暮らしする自宅マンションの最寄《もよ》り駅に降り立ったときには、午後十一時近くになっていた。

改札をくぐり、駅舎を出る。

最初は同じ方角に帰宅する通勤客も多かったが、曲がり角のたびにその人数も減っていき、十分も歩くと周囲に人影はなくなった。

「そろそろいいだろ。返事しろよ」

移動の車中から声だけは聞こえていた。伊武が姿を現したのは、簑島がホームに降り立ったときだった。身体の前面を真っ赤に染めた伊武がベンチに座っており、簑島が前を通過しようとするときに立ち上がって横に並んできた。

「返事もなにも、あんたと話すことはない」

「そっちにはなくてもこっちには大ありだ」

簑島は歩きながら視線だけを横に向け、冷笑した。

「焦ってるのか。西田結の死亡推定時刻前後に、明石は品川で西田結につきまとっていたストーカーと会っていた。それが証明されれば、明石に西田結を殺すのは不可能ということになり、冤罪が成立する。あんたが重大な過ちを犯したとはっきりする」

「焦る？　冗談だろう。なにを証明しようと、おれはもう死んでる。おれが存在しているのは、おまえの頭の中だけだ」

「都合が悪くなったときにだけ、そういうことにするんだな」

「んなことはない。最初から言ってるぜ。おまえにとって、おれはたしかに実在している。だがそれはおまえにとって、だけだ。本当のおれはとっくに死んでる。死んだ後にどう言われようが、知ったこっちゃない」

「ならおれの好きにさせてくれ。明石の無実を証明し、あんたに冤罪事件を作り上げた不正警官の汚名を授けてやる。その上で、ストラングラーを挙げる」

「やれやれ。本当に毒されちまったんだな」

伊武があきれた様子で両手を広げた。

「毒されたんじゃない。目が覚めたんだ」

「どう捉《とら》えようがかまわないが、おまえは刑事失格だ。刑事ってのは猟犬だ。余計なことは考えずに、飼い主の指示通りに獲物《えもの》に食らいついていればいい。その獲物を捕らえるべきかどうかの判断なんて、てめえでする必要はないんだ」

「それならあんただって刑事失格だ。勝手に獲物を決めて、捕らえた」

「馬鹿言ってんじゃねえ。明石は最初から獲物だったさ。ただ、捕まえるための決め手に欠けた。だからおれがお膳立《ぜんだ》てしてやったんだ。おれは優秀な猟犬だったと思うぜ」

背後から自転車がやってきて、簑島を追い抜いていく。気配が遠ざかるのを待って、簑島は言った。

「おれは、おれの信じる正義を遂行する」

ふん、と鼻を鳴らされた。

「一丁前のことを言いやがって。おまえが信じてるんじゃない。明石にそう仕向けられているだけだ。おまえはやつにとって都合よく動く駒《こま》に過ぎない。そのことに気づけ」

「もういい」

「やつにはある種のカリスマ性がそなわっている。それは間違いない。見てくれは良いし、弁も立つ。頭の回転も速い。面と向かって話していると、こいつに人が殺せるなんてとても信じられない。そう思わせるだけの魅力がある。やつはそれを自覚して、他人を意のままに操る」

「もういいから消えてくれ」

語気を強めて言い放ったそのとき、すぐ手前の角から若い女が出てきたのに気づいた。

女は独り言を漏らしながら歩く背の高いスーツの男を怪訝《けげん》そうに見ながら、遠回りして通り過ぎていった。

「賭《か》けてもいいぜ。あの男を信じてしまったことを、おまえは必ず後悔する」

「後悔してもそれがおれの選択だ」

伊武を振り切るように早足で歩く。

声が追ってこないと気づいたのは、自宅マンションの前に着いてからだった。

二階建ての軽量鉄骨造。築三十五年とあって外観はくたびれているが、寝起きできれば文句はない。

集合ポストに投函《とうかん》されたチラシをつかみ、そなえつけの屑カゴに放《ほう》り込んでから、二階にある自室に向かった。

扉を開けて玄関に立ち、すぐ左側の壁に取り付けられたスイッチを倒すと、蛍光灯が白い光を放つ。その光の届く範囲に、簑島の生活空間は収まっている。六畳のワンルーム。独身寮ほどではないが、都内でこの部屋で家賃五万五千円なら破格といっていいだろう。

フローリングの床に直接マットレスが置いてあり、服はほとんどカーテンレールに吊《つ》るしている。あまりに物が少なすぎて実際の面積よりも広く見える、殺風景な部屋の片隅に積まれた書籍が、簑島が早々に独身寮を出た理由だった。

十四年前の事件についての特集記事が載った雑誌や、ルポルタージュの単行本だった。〈四人の女性の生命を奪った凶悪な殺人鬼〉とされる明石の生い立ちや人間性を掘り下げるだけでなく、被害者となった四人の女性についても、まるで彼女たちに非があったかのように興味本位で暴き立てるものが多かった。

いまはその書籍の山に、ストラングラーについてのものが加わっている。こちらについては未解決事件だけに、被害女性にスポットを当てたものが多い。十四年の時を経て多少は個人情報への配慮が見られるようになったが、それでも知り合いが一読すれば誰のことかわかるような書き方がされており、通読すればやはり被害女性に非があるような印象操作がなされていた。

簑島は脱いだジャケットをハンガーにかけ、カーテンレールにひっかけた。

積み上げられた書籍の山の横に、壁を背にして腰をおろす。

書籍の山の一番上に積まれた雑誌は、中央が不自然に盛り上がっている。その雑誌を手に取ると、ナイフが現れた。刃渡り七センチほどで、刃の部分には革のカバーがかけられている。

簑島はナイフを手にし、カバーを外して刃を剝《む》き出しにした。

「刺しておけばよかった」

伊武の声が降ってくる。

視線を上げると、目の前には伊武が仁王立ちしていた。

「だろうな。あそこでおれに情けをかけたばかりに、あんたは死んだ」

おそらく伊武が簑島の口を封じていれば、ストラングラーは伊武を撃ったりしなかった。

そのナイフは、かつて伊武が簑島に向けたものだった。

明石との面会を経て、外山殺し、そして明石逮捕のための不正工作に気づいた簑島は、東京拘置所を出てすぐに伊武に電話した。明石の様子から用件を察したらしく、伊武は待ち合わせ場所に上野を指定した。上野公園の人目につかない場所まで誘導し、刺し殺すつもりだったらしい。

だが伊武が取り出したナイフの刃先が簑島に向いたのは、ほんの一瞬のことだった。伊武がナイフを捨てたのだった。

そして簑島が伊武を連行しようとした矢先、凶弾が放たれた。

本来ならばナイフは捜査本部に提出するべきだが、簑島はそれをしなかった。

「おまえも、あそこで死んでいたほうがよかったんじゃないか。兄貴のように慕った先輩刑事の裏の顔を知って失望することもなかったし、こんなふうに頭がおかしくなることもなかった」

「おかしくなってない」

「冗談だろ。おれはほかのやつには見えないんだぜ。見えないやつと会話している人間は、頭がおかしいって言うんだ。おまえはいかれてる。いかれた人間の遂行する正義なんて、ただの凶行だ。いかれた人間に正義はない。おまえはいかれた上に、明石に影響されて、騙《だま》されて、いいように利用されている。おまえには正義なんてない。おまえにあるのは狂気だけだ」

「うるさいっ」

簑島は右手でナイフの柄を握り、左手で刃を包み込んだ。そして右手に力をこめ、ナイフを引き抜く。

鋭い痛みとともに、左手の平に真一文字の血の筋が現れる。それは見る間にくっきりとした線になり、やがて手の甲から手首、腕へと伝い落ちた。

「ほれ見ろ。やっぱりいかれてやがる」

勝ち誇ったような笑みを浮かべた伊武が、次第に透けてくる。やがて表情もわからないほど薄くなり、輪郭だけが残った。

「どうなっても知らないぞ」

そして捨て台詞《ぜりふ》とともに消えた。

5

一面ガラス張りの玄関をくぐると、前方のカウンターで受付係の若い女が「こんにちは」と愛想の良い笑顔を浮かべた。

簑島よりも早足でカウンターに歩み寄った加奈子が、懐から警察手帳を取り出す。

受付係の女の顔が、一瞬だけ強張る。見慣れた反応だった。後ろめたいことがなくても、警察手帳を提示されれば、たいていの人間は同じ表情をする。

だがさすが訓練されたプロだ。受付係の女はすぐに愛想笑いを取り戻した。

「ご苦労さまです。本日はどのようなご用件で」

落ち着いた聞き取りやすい話し声からも、見事に動揺を消し去っている。

「ある事件の捜査で、このあたりの企業さんにお話をうかがっています。十四年前、こちらに西田さんという方が在籍していなかったかをうかがいたいのですが、当時のことがわかる方はいらっしゃいますか」

突拍子もない申し出に、驚きを隠しきれなくなったらしい。

「十、四年前……ですか」

受付係の女は目を丸くしている。

「はい。かなり昔のことで恐縮ですが、ぜひともご協力をお願いしたいんです」

「少々お待ちください」

受付係が受話器を手に取り、内線電話をかけ始める。

おそらくしばらく待たされることになる。社員数人の小さな会社ならともかく、品川に自社ビルをかまえる全国的な飲食チェーンの本社だ。十四年も前に在籍していた社員について訊《たず》ねられ、すぐに答えられるほうがおかしい。

聞き込みも三日目となると、加奈子もわかっているようだ。カウンターから離れ、丸いガラステーブルの周囲に白い椅子《いす》が何台か並べられた、ウェイティングスペースに目を向ける。

「あそこで待ちましょう」

つかつかと歩いて、さっさと椅子に座った。

後から椅子を引いた簑島の左手に目を向け、「やっぱり痛々しいですね。それ」と自分が痛いかのように顔を歪める。

ナイフで切った左手の平の傷については、ナイフで果物の皮を剝《む》こうとして手を滑らせたと説明していた。警視庁の同僚だけでなく、碓井、望月、加奈子もまったく疑う様子もなく受け入れてくれた。それもそうだ。自分の意思で手の平を切り裂いたなんて、普通は想像もしない。

やっぱり、おれは壊れ始めているのかもしれない――。

「傷口はだいぶ塞《ふさ》がってきましたけどね」

簑島が包帯の巻かれた左手をゆっくり開いたり閉じたりすると、

「やめたほうがいいですよ。傷口開いちゃうじゃないですか」

加奈子は震え上がるような動きをした。血が苦手なようだ。向こうっ気が強くて強引なイメージばかりが先行していたが、意外にかわいいところもある。

「なんで笑ってるんですか」

そう指摘され、簑島は自分の頬が緩んでいるのに気づいた。

「いや。別に」

「なんですか。教えてください」

「そのうち話します」

「感じ悪っ」

加奈子が不服そうに鼻に皺を寄せる。だがそもそもそれほど興味もなかったらしく、ICカード式の入退場ゲートを出入りする社員らしきスーツの男女に目を向けた。

「こんな綺麗《きれい》なオフィスに毎日出社するなんて、お洒落《しゃれ》ですよねえ」

「うらやましいですか」

「いいえ。別に」

加奈子はかぶりを振った。

「ただ、ここの人たちは殺したとか殺されたとか、そういう物騒な話とは無縁に生きてるんだなって、しみじみ思っただけです」

「なんですかそれ」突拍子もない発想に、笑ってしまった。

「でもわかりません。いくら体裁を整えたって、一皮剝けば人間なんかなにを考えてるのか」

「ですよね。もしかしたらこの会社に、デリヘル嬢につきまとったストーカーがいるかもしれないわけだし。しかも自分は結婚して子どももいて、しつこすぎて店から出禁食らったっていうのに」

そういう加奈子は、意外にもこの会社の雰囲気に馴染《なじ》んでいるように見えた。普通にこの会社の社員ですと説明されても、彼女を知らない人なら信じてしまいそうだ。

どうして刑事を目指したのか。

なぜ明石に興味を持ち、首を突っ込んでくるのか。

疑問は尽きないが、詳しく聞き出そうとは思わない。他人の事情を探れば、自《おの》ずと自分のことも話さなければならない雰囲気になる。

「碓井さんたち、どんな感じかな」

加奈子がスマートフォンを取り出し、いじり始める。

「望月さん、やっぱり外で待たされてるんですかね」

「どうでしょう」

望月は相変わらず社屋の外で待たされることが多いらしく、毎日のように「おれ、いる意味あるんですかね」とこぼしている。

「たしかにあの格好じゃ、こういうところでは受けが悪いだろうけど、ちょっとかわいそうですね」

「ええ。でも彼には彼の得意なことがありますから。そのうち彼の力が必要になるときも来ます」

若者への聞き込みなどでは、望月のような人間のほうが断然有利になる。いまはたまたま、彼と相性の悪い相手というだけだ。

「なんにしろ、西田が見つかるといいですね。残りはあと……」

加奈子がスマートフォンの画面をスクロールさせているのは、残る聞き込み先を確認しているのだろう。

「今朝の時点であと七社でした」

蓑島は言った。

「ってことは、ここを終えたらあと六。いま碓井さんたちが訪ねている企業を除けばあと五。終わりが見えてきましたね」

聞き込みは順調に進んでいる。今日中にも三十六社あった候補のすべてに、聞き込みを終えそうな情勢だ。だがもちろん、リストを全網羅するのが目的ではない。真の目的はストーカーの西田の身元を突き止めることだ。

そういう意味では、聞き込み先が残り少なくなるにつれて焦りのような感情も生まれてきた。明石の断片的な記憶をもとに品川エリアの三十六社を絞り込んだものの、絞り込み自体が的外れで、西田が勤務しているのはそもそもこのあたりの企業ではなかった、という可能性だってある。

「かりに西田を特定したとして、どうするんですか」

加奈子がスマートフォンから顔を上げた。

「西田結の死亡推定時刻付近に、明石と会っていたことを証言してもらいます」

「でも、認めますかね。デリヘル嬢にストーカー行為を働いていたなんて、ぜったいに知られたくないですよね」

「認めさせるしかありません」

「どうやって？」

加奈子は素朴な質問を口にしているようでもあり、先輩刑事をためしているようでもあった。

「ストーカー行為については、すでに時効が成立しているから罪に問わないと説明します」

「それだけですか」

笑いを含んだ口調に、少しむっとした。

「粘り強く交渉するしかありません。ストーカー行為なんてもちろん認めたくはないだろうが、認めなければ人が死ぬんです」

「でもその〈人〉って、西田にとってはデリヘル嬢へのストーカー行為をやめさせにきた、ガラの悪いお兄さんですよね。たぶん明石さんから脅されて怖い思いもしただろうし、そんなやつの一人や二人、死んでも気にならないんじゃないでしょうか」

こんなお洒落な会社に勤める、ちゃんとした人たちにとっては、と、加奈子は清潔すぎて人間味の薄いロビーを見回す。

「前から思ってたけど、簑島さん、真《ま》っ直《す》ぐ過ぎて怖い」

「どういうことですか」

「人間って、そんなに真っ直ぐに生きられないですよ。だから真っ直ぐ過ぎる人に真っ直ぐな思いをぶつけられると、しんどくなっちゃうこともあるんです。信じてもらえるのは嬉《うれ》しいけど、そんなに信じてもらえるような人間じゃないしとか、そんなふうに考えて苦しくなる感じ」

加奈子にとってはなにげない発言だろうが、簑島にとっては、がつん、と後頭部を鈍器で殴られたような衝撃だった。

真生子を風俗に走らせたのは、やはり自分なのかもしれない。

束縛はいっさいしていない。やきもちを焼くこともない。

なぜなら、彼女を信じていたから。

そのとき「来ました」と加奈子に肩を叩かれた。

振り返ると、入退場ゲートから四十代半ばぐらいのびしっとしたスーツの男が出てくるところだった。

簑島と加奈子は立ち上がった。

6

簑島たちが社屋を出たのは、その会社の人事部長だという男が入退場ゲートを出てきてから、わずか十分後のことだった。

全国に支社をかまえ、社員一万人を超える大所帯だけに、西田という苗字の社員は何人も在籍していた。だが十四年前に、この品川の本社ビルで課長職にあった西田という社員はいなかった。人事部長はロビーにおりてくる前にデータベースを調べたようで、すぐに調査結果を伝えてくれた。

「結果は残念ですけど、可能性を潰《つぶ》せたという意味では、答えに一歩近づきましたね」

ガラス張りの玄関をくぐりながら、加奈子が自分を励ますように言う。

「そうですね。あとひと息です」

ゴールが見えてきた。はたしてゴールに到達したとき、西田の正体は判明しているだろうか。

簑島が緊張を飲み下して喉仏《のどぼとけ》を上下させたそのとき、加奈子が立ち止まった。

「あれ……碓井さんから着信。しかも三回も」

スマートフォンの液晶画面を見つめながら言う。

「ちょっと電話します」

加奈子は碓井に電話をかけ始めた。

「もしもし、碓井さん。お疲れさまです。矢吹です。すみません。電話に気づかなくて。どうしたんですか」

はい、はい、と頷きながら二分ほど会話をした後で「わかりました。そこにいてください」と通話を終えた。

「どうしたんですか」

「ストーカーの西田と思われる男を特定したそうです」

「本当ですか」

心臓が大きく跳ねた。

もちろんそこを目指して聞き込みしていたのだが、本当に見つかるのかどうか、半信半疑の部分もあった。

まさか本当に見つかるとは。

ということは、西田を説得できれば、明石の冤罪を証明できる――？

にわかに緊張してきて、早鐘を打つ自分の心音が聞こえてきそうだ。

碓井たちは電機メーカーへの聞き込みを終え、コーヒーショップで加奈子からの折り返しの電話を待っていたそうだ。彼らがいるのは、簑島たちのいる場所から五分とかからない場所にある店だった。

簑島と加奈子は急いでコーヒーショップに向かった。

碓井と望月は、店の前で立ち話をしていた。加奈子からの電話を受けて、店を出てきたようだ。接近する二人に最初に気づいたのは望月で、こちらに向けて軽く頭を下げながら碓井の肩を叩いた。

「お疲れさまです」

加奈子が声をかけ、「お疲れ」「お疲れっす」と二人が応じる。

「西田が特定できたというのは、本当ですか」

簑島は自分の声がうわずっているのに気づいた。とても自分を抑えきれない。ついに明石の冤罪を証明できる重大な鍵《かぎ》を手に入れたのだ。

ところが、碓井と望月の二人は、それほど昂《たか》ぶってはいないようだった。むしろどこか困惑しているように見える。

おかしい。いったいなにが……。

簑島がそう思った矢先、「そうだ」と「違います」が同時に返ってくる。

碓井が「そうだ」で、望月が「違います」だった。

つまり碓井は西田の身元が特定できたと答え、望月は西田の身元は特定できていないと答えている。

「え。なに？　どういうこと？」

加奈子も混乱したらしく、意見の異なる二人の間で視線を泳がせている。

「十四年前に課長職にあった西田、当時三十五歳。条件に合致するやつがいた」

「『ミューエレクトロ』にですか」

簑島が口にしたのは、碓井たちが訪ねたはずの会社の名前だった。世界的な電機メーカーとして誰もが知る巨大企業だ。

「ああ」と碓井は肯定したが、やはり望月とは意見が対立しているらしい。

「いや。あれは違いますって。たまたま条件が合致しただけで、おれらが探している西田とは別人だと思います」

「んなことねえだろ。当時三十五歳。営業二課長。結婚して妻子もあり。探してる条件通りじゃないか」

「でも聞き込み候補の三十六社はそれぞれ何百人、何千人の社員がいる大きなところばっかだし、そうなると課長だってめちゃくちゃいるだろうし、その中には西田っていう苗字のやつも何人かいるかもしれないし、三十五歳で課長ともなれば結婚してても不思議じゃないし……だから、たまたま条件に合ったってだけだと思いますよ。次の聞き込みに行きましょうよ」

望月が碓井の袖《そで》を引こうとして、払いのけられる。

「なんでだよ。おまえの気持ちはわからんでもないが、おれたちで勝手に決めることでもない。簑島さんや矢吹に情報を共有して、みんなで判断するべきだ」

いやいやいやいやと、望月が両手を振る。

「そんな必要はありません」

「勝手に決めるなって」

「そもそも、品川のこのあたりだっていう絞り込み自体が間違っていたのかも。そうだ。簑島の旦那、もう一回、エリアの絞り込み作業からやり直しませんか」

「なんでそうなる。条件に合致するやつが見つかったんだぞ」

「だからそれが違うんですって」

「違わない。おまえが認めたくないだけだ」

押し問答する二人の間に、簑島は割って入った。

「二人とも待ってくれ。落ち着いて話そう」

だが二人は収まらない。あれはそうだ、いいや違うと言い合っている。

すると、背後から金切り声が聞こえた。

「うるさーーーい！」

加奈子が絶叫したのだった。

近くを歩いていた通行人や、コーヒーショップのガラス越しの客も、なにごとかとこちらをうかがうほどの声量だ。

これには三人の男も驚いてびくんと両肩を跳ね上げた。

こぶしを握り締め、肩をいからせて立つ加奈子が、目尻を吊り上げながら言う。

「いい大人がなにやってるんですか」

「だって碓井さんが……」

「どうしておれになるんだ。悪いのはおまえだろう」

ふたたび押し問答が始まりそうな気配に、簑島は慌てて口を開く。

「まずはなにがあったのか、一部始終を話してもらえますか。十四年前、『ミューエレクトロ』で営業二課長だった西田という男が、おれたちの探しているストーカーの西田なのかは、ぜんぶ話を聞いた上で判断しましょう」

「でも……」

望月はなおも不服そうだが、抵抗は諦《あきら》めたらしい。がっくりと肩を落とす。

「実は……」

ようやく話し始めた碓井の口も、滑らかには回らないようだった。

7

今日はやけに月の明るい日だと、天井の染みを見つめながら明石は思った。

眠れないのはいつもと同じだが、あの日以来——自分が西田結のストーカーに会うためにタクシーに乗ったのを思い出して以来、どことなく地に足が着かないような心境が続いている。

ずっと無実を証明しようとしてきたし、再審請求を繰り返してきた。望月を始めとした、自分に手を貸してくれる人間を通じて外の世界で独自の調査を繰り広げ、新たな証拠探しを続けてきた。何度も気持ちをへし折られそうになりながら、諦めそうになりながら、それでも希望を捨てなかった。

だが本当の意味で希望を持てたことはなかったのかもしれないと、いまとなっては思う。

希望を持つというのが、いまのこの心境ならば。

女の首をロープで絞め、しかも女が気を失うたびに力を緩め、女が苦しむ姿を見て楽しみ、じわじわといたぶりながら死に至らしめるような趣味は、自分にはない。屑であることは否定しないが、屑の質が違う。だから自分ではない。そういった確信があっても、なにしろ重度のアルコール中毒で酒浸りだった時期のことだ。記憶がぽっかりと喪失してアリバイを証明することもできず、しかも家宅捜索の結果、自宅アパートから凶器が見つかったとなれば、明確に反論もできなかった。やっていないものはやっていない。なぜならばおれはそんなことをしないから。公判でも感情的な主張に終始した。弁護士からも罪状を認めて情状酌量を狙《ねら》うべき、あるいは心神喪失を主張するべきだと説得されたが、明石は完全否認を選んだ。その結果がどうなるか予想はしていても、自分を曲げるつもりはなかった。

——被告人を死刑に処する。

覚悟はしていても、法廷でその言葉を聞いた瞬間には気が遠くなる感覚があった。

あの日以来、抗《あらが》うことのできない大きな流れに呑まれ、それでも呼吸を続けようと懸命に喘《あえ》いでいる。

十二年前のあの日、東京地方裁判所の一〇四号法廷で、国家によりおまえには生きる価値などないと宣告された日から、明石の静かな戦いは始まっていた。

妙な感慨に襲われ、明石は小さな笑いを虚空に吐き出す。

まさかあのときの青臭いガキと、共闘することになるとは。

最後まで反省の姿勢を見せなかった殺人鬼に、傍聴席から襲いかかろうとした被害者の恋人に。

あのとき簑島は駆けつけた警備員たちによって退廷させられながら、叫んだ。

――畜生！　離せ！　殺してやる！

憎しみにぎらつく眼差しをしていたあのときの青年が、いまは明石にとっての命綱だ。

――おまえはやってない。

三日前、アクリル板越しにそう言った簑島の顔を思い出す。懸命に堪《こら》えたが、実はあのとき、涙があふれそうだった。目を見ればわかる。簑島はいっときの慰めのためでもなく、心から明石の無実を信じてくれていた。絶望的な状況でも、あがき続けて本当によかったと思えた。このためにあがき続けていたのではないかとすら思えた。

簑島たちはストーカーの身元を特定できただろうか。十四年もの月日が横たわっているので、簡単ではないだろうが、なんとかしてくれるような気がする。かつて自分を激しく憎んだ男が、十四年も続いた責め苦から解放してくれる。それはよく出来た寓話《ぐうわ》のようであり、最初から決まっていたことのようにも思えた。だとすれば自分に明日が訪れないかもしれない心配など、無用な気もしてくるのだった。自由の身になるのは決まっているから、刑は執行されない。実際にはそんなことはないだろうが、その寓話は、無神論者の明石にとって、初めて信じるに値する宗教だった。自分は死なない。大丈夫だ。

意識が遠のいてくる。

いつもは空が白み始めるまでそうならないのだが、今回は少し早い睡魔の到来だった。まどろみが肉体を溶かしてゆく。心と体の境界が曖昧《あいまい》になる。

そのとき、意識の隅に声が響いた。

――あんた、西田さん？

明石自身の声だった。

目の前にはスーツを着た三十代半ばぐらいの男が、まごまごとしながらこちらを上目遣いでうかがっている。身長は明石の目の高さぐらいなので、一七〇センチ前後か。極端ななで肩に見えるのは肩が落ちているのではなく、僧帽筋《そうぼうきん》が盛り上がっているからだ。格闘技経験がありそうだ。

西田？　こいつが西田か？

いまたしかに、おれは「西田さん」と呼びかけた。

自分自身に問いかけてみるが答えは返ってこない。明石の意思とは関係なく、ストーリーは進行する。

――『美女っ子クラブ』から来ました。くるみちゃんの件といえば、わかってもらえますよね？

明石はたんなるスカウトマンに過ぎないが、店の関係者を装った。

西田はあちこちに視線を泳がせていた。周囲の視線を気にしているようだ。

そう認識した瞬間、景色がクリアになった。品川のオフィス街に、明石は立っている。

西田は正面の高層ビルから出てきたようだ。何階建てかわからないが、そのビルの頂上近くには『ミューエレクトロ』の社名が見えた。

西田は『ミューエレクトロ』の社員だったのか。

――こんなところまで来られると、困るんですよね。

すぐそばの車道を走る自動車の走行音にかき消されそうなほど、弱々しい声だった。

――でもあんた、くるみちゃんの職場まで押しかけてるじゃない。店からは出禁食らってるのに、店の近くで待ち伏せして、くるみちゃんに話しかけたりしてるんでしょう。

――それとこれとは話が違……。

――どう話が違うのか、説明してもらえませんかね。デリヘルの仕事は仕事じゃないってか。あ？

沸点が低いなと、明石はかつての自分の言動を冷めた目で見ていた。なにをしでかすかわからない荒くれの用心棒を演じなければならない場面ではあったが、若さもあったし、アルコールで自制が効かなくなっている部分もあった。

——ちょっと……大きな声を出さないでもらえますか。あの、話ならあっちで……。

西田は明石をひと気の少ないほうへと誘導する。

そこは公園だった。運河に面しており、水面《みなも》の向こうにはお台場の観覧車が、夜空に美しい文様を映し出していた。

——あんた、奥さんも子どももいるらしいじゃないの。どうしてくるみちゃんにつきまとったりするの。警察沙汰《ざた》なんかになったら、困るのはあんたのほうじゃない。

——でも誘ってきたのは結だし。

——〈結〉じゃなくて〈くるみ〉な。どうやって調べたのか知らないけど、女の子が怖がるから本名で呼ばないで。誘ってきたとか言うけど、くるみちゃんにとってはそれが仕事だから。あんただって、仕事だったら好きでもない相手に笑顔で接するでしょう。それと同じじゃないの。

——だけど、ほかのやつにはぜったいに本番させないって。

くるみのやつめ、と、明石は顔をしかめる。デリヘルは本番NGだ。だが小遣い稼ぎのため、もしくは指名を取るため、中にはそのほうが楽だからという者もいるが、客に性器の挿入を許してしまう女の子がいる。くるみの場合はどういう理由かわからないが、つねに不安定で相手の関心を引きたがる傾向が強いので、向こうから誘ってきたというのも嘘ではないだろう。この様子だと、本名も自分で口を滑らせたのかもしれない。ぜったいに知られたくないはずの本名を告げられたら、男なら特別扱いされたと舞い上がる。勘違いさせたくるみにも非はあるようだ。だからといって、ストーカー行為を許容するわけにはいかない。

——あんた、そんなの真に受けちゃってるの？　営業トークに決まってるじゃない。くるみ、誰にでもそう言ってるよ。

——う、嘘だ！　そんなふしだらな女なわけがない！

性風俗店を利用する男の台詞かと耳を疑うが、実はこういう身勝手な妄想を抱く男は少なくない。つくづく男は馬鹿な生き物だと思わされる。

——嘘なんかつくもんかよ。じゃなきゃ、わざわざこんなところまで来ない。くるみちゃん、迷惑してるから、二度と近づかないでくれ。な。

——……嫌だ。

——は？

——嫌だ！　結はおれのものだ！

明石は思わず天を仰ぐ。

やけに綺麗な星空だなと、思った。東京でもこんなに星が見えることがあるんだ。

それが現実の記憶なのか、改変されたものなのかはわからない。

視線を頭のいかれたストーカー男に戻す。

——なにが、おれのものだ、だよ。あんた結婚してるだろうが。あと〈結〉じゃなくて〈くるみ〉な。本名で呼ぶなって言ってんだろうが。

——おれと結の仲を裂こうとしても、そうはいかないぞ。

——裂くもなにも、あんたとくるみは最初からつながってなんか……。

言い終える前に、西田が雄叫《おたけ》びを上げて殴りかかってきた。

明石はまぶたを開いた。

目の前には拘置所の単独室の狭い天井。夢を見ていたようだ。

「思い出した」

あのときのことを、全部。

だが、思い出さなかったほうがよかったのかもしれない。

8

アクリル板の向こう側の扉が開き、刑務官に続いて明石が面会室に入ってきた。

その瞬間、かすかな違和感に簑島は眉をひそめる。

なにがどうとは説明できないが、壁のようなものを感じた。明石はいつもと変わらないが、うっすらと拒絶の空気をまとっている。それは四日前この部屋を出るときには、存在しないものだった。

だがもしかしたら、壁を築いているのも、拒絶をまとっているのも、自分のほうかもしれないと思い直す。

「顔色がよくないな」

椅子を引きながら、明石が見下ろしてくる。

「そうか」

そうだろうなと思う。あんな事実を知って、気分よく過ごせるはずがない。

「このところずっとだな。眠れていないみたいだ。身体には気をつけてくれよ。あんたには元気でいてもらわないと、おれが困る」

いつもの軽口を叩かれても、笑顔すら返せない。ぎこちなく頬が歪んだだけだった。

その反応で異変を感じたらしく、明石が怪訝そうに首をかしげる。

「首尾はどうだ」

探るような口調で訊ねながら、椅子に腰をおろした。

「西田結にストーカー行為を働いていたと思《おぼ》しき男の身元が特定できた」

返ってきたのは驚きでも喜びでもなく、虚を突かれたような沈黙だった。どう反応しようかと、考えるような間。

「そうか」

明石は表情を変えずにそう言った。

「西田貴弘《たかひろ》。当時三十五歳で、品川に本社を置く『ミューエレクトロ』の営業二課長だった」

——それがわかった段階では、興奮した。ついに明石の無実を証明するための、鍵を握る重要人物に辿《たど》り着いた……ってな。

碓井の説明が鼓膜の奥によみがえる。

それにたいする望月の反論も。

——でもまだわからないですって。西田なんて苗字は多くはないけど珍しくもないし、ここらへんには名だたる大企業が集中しているんですから、ほかにも条件に合致するやつがいるかも。

その言い分は理解できないでもない。

まだ候補に絞り込んだ三十六社すべての聞き込みを終えてはいなかった。残りの五社に、当時三十五歳で、西田という姓の課長職にあった男が在籍していたかもしれない。

だが碓井の話を最後まで聞いて、残りの五社を調査する必要はないと思い至った。

蓑島は言った。

「亡くなってたよ。十四年前の、西田結が殺されたのと同じ日、同じぐらいの時間に」

「そうか」

明石はいっさいの動揺を見せなかった。

「知ってたのか」

「昨晩、というか今朝未明だな、思い出した。ストーカーの身元を割り出したところでおれの無実を証明してもらうことはできないな……と」

「死因は急性硬膜下血腫《こうまくかけっしゅ》。検死によれば帰宅途中に転倒して頭を強く打ち、死亡したとされ、事件性なしの事故として処理されている」

「残念な話だ。おれの記憶では、あの日、西田に会えなかった。すでに会社を出て帰宅した後だったんだ。翌日、ニュースで見て、死んでいるとわかっ――」

「嘘をつくな！」

大声で遮った。

感情を爆発させた簑島とは対照的に、明石からは表情が消えている。アクリル板を隔てて、別世界のようだった。

「ぜんぶ、思い出したんだよな」

「ああ」

「この期に及んでまだおれを騙すのか」

重苦しい沈黙が、狭い部屋に滞留していた。

やがて観念したような息をつき、明石が口を開く。

「おれが殺した」

その告白に、簑島は思わず目を閉じた。

「あの日、おれはストーカー行為をやめさせるため、西田が勤務する品川の『ミューエレクトロ』本社に向かった。社屋から出てきた社員を捕まえて、営業二課長の西田貴弘を呼び出してもらった。『くるみ』のことで話があると言付けたら、あいつ、血相を変えて飛び出してきたよ。人目につかない場所で話をしたいと言われて、近くの公園に向かった。おれはあいつに、結へのストーカー行為をやめるよう言った。だがストーキングなんかするやつは思考がまともじゃないからな、結の気持ちを無視して、おれが二人の仲を裂こうとしているとかなんとか言い出して、殴りかかってきたんだ。殴り合いをするつもりもなかったから、おれはあいつの腕をとって投げ飛ばした。そして、今度結に近づいたらこの程度じゃ済まないぞと警告して帰った。その後、死んだなんて思いもしなかった」

「自首しなかったのか」

「する必要あるか？」

明石は嫌な笑みを浮かべる。

「警察は事件性なしと結論づけている。それに、やつが倒れたのは会社近くの公園じゃない。帰宅途中の路上だ。たぶんおれに投げられた後、会社に戻って鞄《かばん》を取って帰宅しようとしたんだろう。そこで倒れた」

「おまえが投げ飛ばしたのが原因だ」

「かもしれないが、そうじゃないかもしれない。少なくとも警察は事件性なしと判断している。なのにわざわざ出かけていって、おれが投げたのが原因かもしれないって申告するのか。相手は家庭があるのに風俗嬢につきまとうような男だぞ」

信じがたい言い分に、開いた口が塞《ふさ》がらなかった。

「嘘だろ。必ずしも警察の判断が正しいわけじゃないっていうのは、おまえ自身が、もっともよくわかっているはずじゃないか」

　加えて簑島は四日前、屑が屑だからという理由で、やってもいない罪で裁かれるべきではないと、明石に告げた。心からの言葉だったし、それこそがいま明石のために働く動機でもあったのだが、いまの明石の発言は、それを全否定するものだ。風俗嬢につきまとうストーカーだから、殺されてもやむなし。明石はそう言ったのだ。

「あのとき、すぐに出頭しておけば、四人も殺した罪を着せられなかっただろうから、出頭するべきだった。翌朝になっておれがまず知ったのは、結の死だった。偶然なのかわからないが、おれがスカウトした風俗嬢が三人連続で殺されたんだ。さすがに応《こた》えた。同時に、おれは西田の犯行を疑った。二度と結に近づくなと警告して、襲いかかってきたのを投げ飛ばしてからの昨日の今日だ。もしかしたらおれと別れた後で即座に蒲田に向かい、腹いせに結を殺したのかもしれない。西田の動静を確認するため、ふたたび品川に向かって、西田の死を知った。正直、ホッとする部分はあった。結を殺したのが西田だったら、おれが西田を脅したのが原因ってことになる。でも違った」

　たっぷり一分ほどの沈黙があった。

　その間、聞こえたのは、呼吸音と咳払《せきばら》いだけだ。

「おまえはストラングラーではない。だが、一人殺していた」

「ああ」

明石は神妙に頷いた。

「それを知って、どう思う」

「知りたくはなかった。けっして褒められた人生じゃなかったが、人殺しはしていないと思ってたのに」

だから記憶を封じ込めたのか。自分の中から、殺人の記憶を消し去るために。

「悪いと思っているのか」

「思っているさ」

「その言葉を、おれが信じられると思うか。西田には会えなかったと、嘘をつこうとしたおまえの言葉を」

明石はしばらく蓑島の視線を受け止めていたが、やがて拗《す》ねたように視線を逸《そ》らし、肩を上下させて長い息を吐く。

「悪かった。すべてを打ち明けたら、あんたに愛想を尽かされるんじゃないかと思ったんだ」

「もう信じられない」

「ああ」

「おまえの言葉は、どこまでが真実なのかわからない」

すべてが疑わしく思えてくる。本当にこの男は無実なのか、この男に手をさしのべる価値はあるのか。

そのとき、鼓膜の奥に高笑いが聞こえた。

伊武だ。

遠くに聞こえていた笑い声は、次第に大きくなり、すぐ隣に立っているように錯覚するほどの音量になる。

思わず眉をひそめた蓑島に、明石が訊ねた。

「どうした」

「なんでもない」

かぶりを振ると、即座に「なんでもないことないだろう」と、耳もとに囁《ささや》きかけられた。

「だから言ったじゃないか。こいつを信用すると後悔するって。賭けてもいいって言ったよな。ってことで賭けはおれの勝ちだ」

うるさい――頭の中で応じた。

蓑島の左隣に立った伊武が、アクリル板越しに明石を見つめながら言う。

「やっぱりな、おれの睨んだ通りだった。こいつは根っからの悪人だ。自分の利益のために、他人を平気で利用する。利用価値がないやつはポイだ。おまえは、こいつにいいように利用されているだけなんだ。これでわかっただろう。こいつをお天道さまのもとに出しちゃ駄目だ。死ぬまで閉じ込めとかなきゃいけないんだ」

うろうろと蓑島の周囲を歩き回っていた伊武が、だが、と足を止める。

「西田貴弘殺しについては、嘘を言っているようには思えなかったな。本当のことかもしれない。だとすれば、西田結殺しについてはシロってことか。西田結殺しがシロとなれば、明石の自宅から発見されたロープから西田結のＤＮＡが検出されたっていうのは、辻褄《つじつま》が合わない。となると、真犯人が明石に罪を着せたという仮説に説得力が生まれ、冤罪事件になる可能性が高い」

伊武が顔を寄せてきた。ほとんど顔と顔が触れそうな距離で語りかけてくる。

「どうする？　おまえはこいつを外に出すために、これまで手を貸してきたんだよな。こいつが西田貴弘を殺したという証明ができれば、四人の風俗嬢殺しについては冤罪ということになり、晴れて自由の身という結果になる。だが、こいつに手を貸すのか？　風俗嬢を殺していなかったとしても、一人は殺《や》ってる。まあ、こいつの証言を鵜呑《うの》みにするなら、殺人じゃなくて傷害致死ということになるかもしれないが、他人の命を奪ったという意味では同じだ。こいつは人を殺してる。こいつが四人を殺していないのを証明するには、一人殺したと証明する必要がある。そこまでしてやる必要があるのかねえ。一人殺すのも、四人殺すのも同じじゃないか。判例上はたしかに、一人殺すのと二人以上殺すのでは量刑が大きく違う。でもそれって、考えてみればおかしいよな。被害者の家族や友人など、被害者を大事に思っていた人たちにとって、被害者はかけがえのない存在だ。一人だから軽くて二人なら重いなんてことにはならない。おまえにはそれが、よくわかってるはずだよな。こいつに、大事な恋人を奪われた、十四年間そう信じてきた、おまえなら」

蓑島はカウンターテーブルの上で左こぶしを右手で包み込む。力をこめすぎて、左手に巻いた包帯に血が滲む。

だが伊武は去ってくれない。

「一人殺したことを証明して、四人殺しの冤罪を成立させるべきか。こいつは難しい選択だ。だって、確実に一人は殺ってるわけだ。それをこいつはいまのいままで隠してた。ほかにも隠している殺人はないって、どうして言える？　もしもこいつがもう一人殺していて、それを隠していたら、風俗嬢四人は冤罪にしても、どのみち極刑だろう。悩みどころだな。どうする、蓑島。どうする、くそ真面目《まじめ》な青年刑事。よく悩むことだ」

ふはははは、とほかの誰にも聞こえないはずの伊武の高笑いを聞きながら、蓑島は涼しげな顔の死刑囚の男と対峙《たいじ》していた。

本書はハルキ文庫の書き下ろしです。
本作品はフィクションであり、登場する人物、団体名など
架空のものであり、現実のものとは関係ありません。